Alberta von   Brochowska

Tante Toni und ihre Bande

Alberta von Brochowska

Tante Toni und ihre Bande

ISBN/EAN: 9783337352592

Hergestellt in Europa, USA, Kanada, Australien, Japan

Cover: Foto ©Andreas Hilbeck / pixelio.de

Weitere Bücher finden Sie auf **www.hansebooks.com**

Tante Toni und ihre Bande

Eine Erzählung für Kinder und Kinderfreunde

Von

A. v. Brochow

1

Zweite und dritte Auflage

Freiburg im Breisgau

Herdersche Verlagshandlung

Berlin, Karlsruhe, Köln, München, Straßburg und Wien

Buchdruckerei der Herderschen Verlagshandlung in Freiburg. 1919

Inhaltsverzeichnis.

Erstes Kapitel.

Tante Toni kommt!

Frau Wulff saß am Fenster und nähte. Ihre vier ältesten Kinder waren noch um den Tisch versammelt und beendeten ihren Nachmittagskaffee.

„Eilt euch ein wenig", drängte die Mutter, „damit ihr bald an die Aufgaben kommt und hernach noch in den Garten gehen könnt."

„Ich bin fertig", sagte Kurt, und er trat zur Mutter ans Fenster. Hinausblickend gewahrte er den Briefträger.

„Mutter, da ist der Briefträger!" rief er eifrig aus. „O, darf ich schnell hinunterlaufen? Er hat vielleicht einen Brief von Tante Toni!"

„Ja, geh nur. Aber sei so gut und bringe mir den Brief uneröffnet. Du weißt, es schickt sich nicht, daß Kinder die Briefe ihrer Eltern öffnen."

Kurt wurde rot und sprang hastig hinaus. Wenige Augenblicke später stürzte er wieder ins Zimmer und schrie, wie im Triumph einen Brief hochhaltend: „Hurra, ein Brief aus Walden; der ist sicher von Tante Toni!"

Die vier Kinder drängten sich an die Mutter heran.

„Schnell, Mütterchen, mach' auf und sieh, ob sie kommt!"

„Nur gemach, nur gemach, Kinder!" wehrte diese lächelnd, aber sie beeilte sich doch sehr mit dem Öffnen des Briefes; sie wartete ja selbst mit Sehnsucht auf den Besuch ihrer Schwester, der schon lange geplant war, aber wegen eines Unwohlseins ihres Vaters schon mehrmals hatte verschoben werden müssen.

Schnell durchflog sie den Brief und rief dann freudig aus: „Ja, Kinder, die Tante Toni kommt, und zwar schon morgen!"

Diese Nachricht wurde mit einem solchen Freudengeschrei begrüßt, daß die Mutter sich die Ohren zuhalten mußte.

„Kommt der Großpapa auch mit?" fragte Paul, Kurts Zwillingsbruder.

„Nein; Großpapa geht zu seiner Erholung für ein paar Wochen zu Onkel Karl und zu Tante Klara aufs Land; deshalb kann Tante Toni diesmal etwas länger bleiben."

„Hurra, sie bleibt lange diesmal!" schrie Anna, und sie wirbelte springend und hopsend durchs Zimmer, während die kleine Toni, das Patenkind der Tante, in die Hände klatschend ausrief: „O, wie froh bin ich, wie froh!"

„Höre, Paul", wendete sich nun die Mutter an diesen, „du gehst gleich zu Onkel Robert und teilst ihm Tante Tonis Ankunft mit. Da er jedenfalls keine Zeit haben wird, an die Bahn zu gehen, so bitte ihn, er möge doch morgen nachmittag zum Kaffee kommen oder wenigstens das Fräulein mit den beiden Kindern schicken. Und du, Kurt, du springst hinüber zu Onkel und Tante Helmer und ladest sie ebenfalls ein und sagst, sie möchten die drei größeren Kinder mitbringen. Haltet euch aber nicht auf, denn es muß noch gelernt werden; sonst gibt es morgen Verdruß in der Schule!"

„Sei ruhig, Mutter, wir sind gleich wieder da!"

Und wie der Wind stürzten Paul und Kurt hinaus, stolz darauf, die Überbringer einer so wichtigen Botschaft zu sein.

Tante Tonis Zug traf am nächsten Tage gegen 3 Uhr ein; es war glücklicherweise ein schulfreier Nachmittag, so daß die Zwillinge, Anna und Toni ihre Mutter an die Bahn begleiten konnten. Dort trafen sie auch schon Tante Luise Helmer mit ihren zwei Ältesten, Mariechen und Philipp.

Als der Zug einfuhr, waren die Kinder kaum zurückzuhalten. Jedes wollte die Tante zuerst sehen, sie zuerst begrüßen, und kaum war diese ihrem Wagenabteil entstiegen, da war sie auch schon umringt, umarmt, geschoben, gestoßen, daß sie sich kaum zu helfen wußte und lachend ausrief: „Das ist ja der reinste Überfall! Gebt acht, die guten Sachen, die ich euch mitgebracht habe, werden ganz zerbröckelt und zu Brei gedrückt sein, bis wir heimkommen!"

Das wirkte ein wenig, und Tante Toni konnte nun endlich auch ihre beiden Schwestern begrüßen.

„Und nun im Triumphzug nach Hause!" rief Kurt.

Aber es war nicht leicht, etwas Ordnung in diesen Triumphzug zu bringen; denn die liebe Tante hatte leider nur zwei Seiten, und es stritten sich sechs Kinder um den Vorzug, neben ihr gehen zu dürfen. Mama Wulff machte endlich dem Streit ein Ende, indem sie erklärte:

„Tante Luise und ich, wir nehmen Tante Toni in unsere Mitte, und ihr geht hübsch brav und ordentlich voraus, erst die drei Buben und dann die drei Mädels!"

„Ich will aber lieber mit den Buben gehen!" erklärte Anna Wulff.

„Wir bedanken uns für die Ehre!" rief Paul abweisend. „Wir brauchen dich nicht!"

„Paul, du bist aber doch wirklich ein garstiger, ein ganz abscheulicher Bub!" zankte Anna sehr beleidigt, und als nun Paul seine Mütze abzog und eine tiefe Verbeugung machend sagte: „Ich danke verbindlichst für diese Schmeicheleien", da erklärte Anna entschlossen: „Und ich geh' doch mit euch Buben!"

Aber die Mutter rief mahnend: „Kinder, ihr werdet doch hier keinen Streit anfangen! Mir scheint, ihr wollt euch der Tante gleich von eurer schlimmsten Seite zeigen."

Paul und Anna ließen die Köpfe ein wenig hängen, aber Annas Schelmengesichtchen zeigte bald wieder den gewohnten fröhlichen Ausdruck, und sie gesellte sich zu ihrer Cousine Mariechen und zu klein Toni, halblaut vor sich hinsingend:

> „Ach, wenn ich doch kein Mädchen wär'!
> Das ist doch recht fatal!
> Dann ginge ich zum Militär
> Und würd' ein General!"

Und nun vollzog sich die Heimkehr ohne weiteren Zwischenfall.

Nachdem Tante Toni sich vom Reisestaube gereinigt hatte, galt ihr erster Besuch dem Kinderzimmer, um den bald vierjährigen Leo zu begrüßen und die Bekanntschaft der Allerkleinsten zu machen. Minnichen war noch keine zwei Jahre alt, und Tante Toni hatte es noch gar nicht gesehen. Es tat erst etwas scheu; als aber die Tante lockte: „Komm, du Goldkäferchen, komm mal her zu Tante Toni, die hat dir auch etwas mitgebracht!" da näherte sich die Kleine, zuerst zwar etwas schüchtern, aber bald ganz zutraulich, und es dauerte nicht lange, da hatte sie es sich auf Tante Tonis Schoß bequem gemacht, und sie ließ sich das eben erhaltene Biskuit munden, aber nicht ohne es der Tante zum Schmecken hinzuhalten und auch dem danebenstehenden Brüderchen, obwohl dieses selbst sehr mit Kauen beschäftigt war. Dazwischen erklärte der kleine Leo mit wichtiger Miene: „Du mußt wissen, Tante, daß ich Leo heiße, und ich lehre das Minnichen jetzt sprechen. ‚Mama' und ‚Papa' kann es schon sagen, aber ‚Leo', das bringt es noch nicht fertig; es kann nicht ‚l' sagen und macht immer ‚neh' und ‚noh'. Der Name ist vielleicht zu schwer, und ich will's mal mit ‚Toni' versuchen." Dann sich schmeichelnd an sein Schwesterchen wendend fuhr er fort: „Komm, Minnichen, sag' mal schön ‚Toni', dann kriegste auch was von mir!"

Allein Minnichen hatte allem Anscheine nach eben keine Lust zum Lernen; es lachte nur, und den Rest seines Biskuits mit dem einen Händchen in die Höhe haltend, patschte es mit dem andern aufs Bäuchelchen.

„Das soll heißen, 's wäre sehr gut", erklärte Leo der Tante.

In diesem Augenblick stürzte Anna zur Türe herein und rief: „Tante, du sollst schnell runterkommen; der Onkel Robert ist da mit Otto und Lilly, und eben kommt auch Onkel Albert Helmer mit dem Rudi!"

Leo und Minnichen sahen die Tante nur ungern scheiden, und es hätte wohl Tränen gegeben, wenn diese nicht versprochen hätte: „Ich komme heute abend nochmal zu euch – ich komme euch waschen und ins Bettchen legen!"

„Ja, o ja, Tante, tue es, das ist schön!" jubelte Leo in die Hände klatschend.

„Sön", echote Minnichen, und es patschte fest seine kleinen, dicken Händchen gegeneinander.

„Hast du's gehört, Tante? Es hat eben ‚sön' gesagt, es kann schon wieder ein neues Wort!" rief der kleine Lehrmeister der davoneilenden Tante nach.

Nachdem Tante Toni ihren Bruder und ihren Schwager begrüßt hatte, wendete sie sich an die neun anwesenden Kinder und sagte lachend:

„Ihr seid aber alle so groß geworden in diesen zwei Jahren – ich weiß gar nicht, ob ich euch noch auseinander kenne! Kommt, stellt euch doch mal dem Alter nach in eine Reihe, damit ich sehe, ob ich noch alle nennen kann!"

Die Kinder gehorchten lachend. Die immer lustige Anna rief aber:

„Nimm dich in acht, Tante Toni; wenn du den Namen von einem von uns vergessen hast oder gar eines mit dem andern verwechselst, so ist das eine schreckliche Beleidigung."

„Nun, ich werde mich schon zusammennehmen. Bei dir hat's jedenfalls keine Gefahr, mein Ännchen; dein

Spitzbubengesichtchen verwechselt man nicht leicht mit einem andern. Aber nun angefangen! Also hier zuerst Mariechen Helmer; du bist jetzt vierzehn Jahre alt. Von dir hab' ich schon Gutes und Liebes gehört, wie vernünftig du bist und wie du versuchst, deinem Mütterchen zu helfen."

Und Tante Toni drückte einen herzlichen Kuß auf die Stirne des errötenden Mariechens.

„Und nun kommen wir zu den Wulffschen Zwillingen Kurt und Paul. Die haben sich gestreckt. Gib acht, Mariechen, deine Vettern wachsen dir bald über den Kopf."

„Ich auch, Tante Toni; ich bin fast so groß wie unsere Mieze!"

„Ja du, bist du denn wirklich der Philipp Helmer? Dich hätte ich wirklich beinahe nicht mehr erkannt. Jetzt darf man dich nicht mehr ‚Dickerchen' nennen, so groß und schlank bist du geworden! Du und die Zwillinge, ihr seid wohl jetzt dreizehn Jahre alt."

„Und ich, Tante Toni, wie alt bin ich?" rief Anna Wulff, ihre für ihr Alter etwas zu kleine Gestalt nach Kräften in die Höhe reckend.

„Ja du, Ännchen, laß dich mal betrachten", und Tante Toni drehte Ännchen hin und her, besah sie überlegend von allen Seiten; endlich sagte sie: „Ei, Ännchen, was machst du für Sachen! Du hast wohl seit einiger Zeit so viel tolle Streiche im Kopf, daß du ganz vergessen hast zu wachsen. Du siehst aus, als wärest du nicht viel über zehn Jahre!"

„Ich bin aber zwölf", sagte Anna, ein bißchen schmollend.

„Ich bin noch nicht elf und bin so groß wie sie!" rief Otto Mehring, der neben seinem um ein Jahr jüngeren Schwesterchen Lilly stand.

„Ja, und du darfst in diesem Jahre zur ersten heiligen Kommunion gehen, wenn ich nicht irre." Tante Toni strich ihm leicht die Haare aus der Stirne. Mit ganz besonders liebevollem Blick schaute sie Otto und Lilly, die beiden Kinder ihres Bruders Robert, an, ganz besonders innig drückte sie diese beiden ans Herz – sie hatten ja keine Mutter mehr, die armen Kinderchen.

Als letzte in der Reihe standen noch der achtjährige Rudi Helmer mit seinem blonden Lockenkopf und den treuherzigen blauen Augen und die siebenjährige Toni, die neben diesem ihrem kräftigen, rotwangigen Vetterchen noch zarter und blasser aussah wie sonst.

„Du mußt rötere Bäckchen bekommen, mein Patenkindchen, und du darfst nicht gar so ernsthaft dreinschauen", sagte Tante Toni leise.

Aber Tonis Mutter hatte es doch gehört, und sie erklärte mit einem besorgten Blicke auf ihr kleines Töchterchen:

„Das Kind leidet noch immer unter den Folgen des Scharlachfiebers. Die andern wissen schon lange nichts mehr davon, nur Toni hat sich nie so recht davon erholt."

Nun trennte sich Tante Toni von den Kindern, denn sie mußte sich zu den Großen setzen, um ihnen vom Großpapa und von seiner Reise zu Onkel Karl und Tante Klara zu erzählen.

Klein Toni war aber der Tante nachgegangen; erst stellte sie sich ganz still neben ihren Sessel, allmählich rückte sie ein wenig näher, und zuletzt lehnte sie ihr Köpfchen an deren Schulter, schmiegte sich an sie und streichelte leise ihre Hand. Die gute Tante zog die kleine Nichte auf ihren Schoß und meinte lächelnd: „Ich glaube, wir werden bald recht gute Freundinnen werden."

Da leuchteten klein Tonis Augen auf, und sie fragte eifrig: „Wirklich, Tante Toni? Willst du meine Freundin sein, meine w i r k l i c h e Freundin?"

„Aber gewiß, sehr gerne!"

Wie der Wind huschte die Kleine vom Schoße der Tante

herunter, und ganz rot vor freudiger Aufregung stürzte sie auf die andern Kinder zu und rief mit strahlenden Augen:

„Du, Mieze! du, Anna! ich hab' jetzt auch eine Freundin! – Ihr braucht jetzt gar nicht mehr so ein Getue zu machen mit euern Freundinnen! Ich hab' eine viel größere und eine viel bessere Freundin wie ihr – denn Tante Toni ist meine Freundin!" Und triumphierend schaute klein Toni ihre Geschwister, Vettern und Cousinen an.

Diese aber brachen in ein schallendes Gelächter aus. Das hatte das Kind nicht erwartet. Es war erst starr vor Überraschung, dann wurde es rot und rief halb weinend: „Was lacht ihr mich denn aus? Ich hab' doch gar nichts Dummes gesagt!"

„Nein, mein Tonichen", suchte Mieze die Kleine zu beruhigen, „du hast gar nichts Dummes gesagt – aber es kam uns halt nur so drollig vor, daß du winziges Persönchen dir die Tante Toni zur Freundin ausgesucht hast!" Und nun fing Mieze wieder an zu lachen, die andern stimmten im Chore ein; Anna und Otto lachten am lautesten, umtanzten das Kind und schrien: „Hoch der neue Freundschaftsbund!"

Jetzt aber wurde klein Toni zornig, ihre Augen funkelten, sie ballte die kleinen Fäuste, sie stampfte mit den Füßen, und je mehr die andern lachten, desto wilder gebärdete sich das Kind. Als Mieze es zu beruhigen suchte, stieß es sie von sich, bis Kurt sagte:

„Na, so einen Zornepickel wird Tante Toni aber doch gewiß nicht zur Freundin haben wollen!"

Da kam die Kleine zur Besinnung. Sie wurde auf einmal still, ließ das Köpfchen hängen und schlich sich fort. Sie kauerte sich in ein Eckchen, drückte die Fäustchen vor die Augen und weinte leise vor sich hin. Mieze wollte ihr nachgehen, aber Anna hielt sie zurück und sagte: „Laß sie nur jetzt ganz in Ruhe; wenn sie so ihren Zorn gehabt hat, dann ist es am besten, man kümmert sich nicht um sie. Kommt nur alle mit mir in den Garten, die Toni wird uns nachher schon von selbst nachkommen."

Tante Toni hatte aber von ferne alles beobachtet. Als die andern Kinder das Zimmer verlassen hatten, näherte sie sich der weinenden Kleinen; diese aber drückte die Händchen nur noch fester vor das Gesicht, und ihr Schluchzen wurde heftiger. Die Tante nahm das Kind auf und setzte sich mit ihm ins Nebenzimmer. Sie ließ es erst ruhig weinen, sie drückte es nur liebevoll an sich, strich ihm sacht über Stirne und Haare, und als das Schluchzen endlich anfing etwas nachzulassen, sagte sie freundlich:

„Nun muß meine kleine Freundin aber gleich wieder ein liebes, frohes Gesichtchen machen."

Da hob Toni ihr verweintes Gesichtchen in die Höhe: „O Tante Toni, willst du mich denn noch zur Freundin haben? Ich war doch eben so bös! – Was mußten sie aber auch so über mich lachen?" Und die Tränen fingen von neuem an zu fließen.

„Du mußt dir das nicht so zu Herzen nehmen; sie haben es gar nicht so böse gemeint. Die Mieze war doch auch recht nett mit dir und wollte dich trösten."

„Ja, und ich hab' sie weggestoßen, ich war so zornig!" Und Toni ließ wieder beschämt das Köpfchen sinken; dann setzte sie aber wie entschuldigend hinzu: „Das kommt aber von meiner Krankheit her, daß ich so leicht zornig werde, ich kann nichts dafür. Mama hat den andern schon öfter gesagt, sie dürften mich nicht so reizen."

„O, es ist ja leicht möglich, daß deine Krankheit eine größere Reizbarkeit zurückgelassen hat; aber deshalb mußt du doch nicht meinen, du könntest nichts dafür. Man kann immer etwas dafür, wenn man etwas tut, wovon man weiß, daß es unrecht ist. Und daß man nicht zornig sein darf, das weißt du doch, nicht wahr?"

Klein Toni wurde ganz rot, sie senkte das Köpfchen und sagte leise: „Ich möchte gern nicht zornig sein – aber es kommt immer ganz von selbst."

Die Tante lächelte: „Ja, so geht's gewöhnlich. Sieh, die andern meinen's doch auch nicht böse und sie wollen dich gewiß nicht kränken. Das Necken kommt bei ihnen auch ganz von selbst."

Das Kind sah erst überrascht und dann nachdenklich aus, und als die Tante fragte: „Willst du nun versuchen, kleine Neckereien zu ertragen, ohne zornig zu werden?" da nickte es mit dem Köpfchen und sagte ernsthaft: „Ja, ich will's versuchen."

Die Tante erschrak beinahe ein bißchen, als sie in diese Kinderaugen blickte, aus denen ein so fester und ernster Entschluß leuchtete:

„Aber nun muß mein Tonichen wieder ein frohes Gesichtchen machen und lachen. Komm, wir wollen jetzt Mariechen und die andern Kinder aufsuchen gehen!"

Sie nahm ihr Patenkindchen bei der Hand und führte es in den Garten. Dort rief sie die Kinder alle zusammen und sagte:

„Hört einmal, was ich mir ausgedacht habe! Des Vormittags, während ihr in der Schule seid, werde ich der Mutter hier im Hause und bei den ganz Kleinen helfen; aber des Nachmittags gehöre ich euch. Wenn ihr Zeit habt und das Wetter ist schön, dann werden wir auch Spaziergänge zusammen machen."

„Hurra, Tante Toni!" und „Tante, du bist einfach famos!" so jubelten die Kinder, vor Freude in die Hände klatschend.

Der blondlockige Rudi aber fragte eifrig: „Und wirst du uns auch Geschichten erzählen, Tante Toni?"

„Gewiß, Rudi, herzlich gern. Du hörst also gern Geschichten?"

„O, furchtbar gern!"

„Ich auch!" und „Ich auch!" riefen da noch mehrere Stimmen.

„Ich höre am liebsten Indianergeschichten", erklärte Otto, und Anna stimmte ihm bei; die Zwillinge fanden Seeabenteuer viel interessanter; Rudi und Toni entschieden sich für Märchen.

„Übrigens", schlug Kurt vor, „da morgen Sonntag ist, könnten wir gleich einen Spaziergang verabreden."

„Natürlich!" rief Paul voll Eifer. „Wir führen die Tante über den Hennenberg nach Horbach, von da auf den Blauberg, und ..."

„Warum nicht gleich auf den Chimborasso oder ins Himalajagebirge?" unterbrach Mariechen lachend. „Morgen wird Tante Toni noch etwas reisemüde sein und sich gerne mit einem kleineren Spaziergang begnügen. Ich schlage das Tempelchen vor; der Weg dahin ist schön und nicht zu steil, und von dort hat man einen herrlichen Blick auf unser Städtchen und in die Berge, und dann ..."

„Und dann kann man da oben auch sehr gut ‚Räuber und Gendarm' spielen!" fiel Rudi ein. „O, ich kenne dort ein paar ausgezeichnete Verstecke!"

„Ach, das Tempelchen – das ist schrecklich langweilig", erklärte Otto Mehring mit wegwerfender Miene. „Da ist man schon so oft gewesen! Dahin geh' ich mal nicht mit!"

„Ei, so bleib' du nur daheim, wir können's schon ohne dich aushalten!" entgegnete Paul ein wenig grob. Aber Tante Toni sah ganz betrübt aus, als sie sagte:

„O, mir würde es aber sehr leid tun, wenn du nicht mitgingest, lieber Otto."

„Nun, Tante, wir wollen sehen; dir zuliebe gehe ich vielleicht mit."

„Wie gnädig!" kicherte Anna dem Mariechen ins Ohr.

„Nun müssen wir nur sehen, was eure lieben Eltern zu diesem Plane sagen werden." Mit diesen Worten kehrte Tante Toni ins Haus zurück.

Zweites Kapitel.

Es wird Krocket gespielt, und Tante Toni macht dabei Charakterstudien.

Am folgenden Tag war die ganze Kinderschar wieder bei Wulffs versammelt. Vater Wulff stand vor dem Barometer und runzelte die Stirne.

„Es tut mir leid, Kinder", sagte er endlich, „aber ihr werdet euern Spaziergang nicht machen können. Der Barometer ist sehr gefallen, und dort in der Wetterecke sieht es drohend aus. Wir bekommen Regen und Wind, vielleicht sogar Sturm."

Da gab es enttäuschte, betrübte und ärgerliche Gesichter.

„Wie langweilig! Was fangen wir jetzt an?"

„Nun, wir können wenigstens in den Garten gehen, solange es noch nicht regnet", schlug Tante Toni vor.

„Weißt du was, Tante Toni? Mache mit uns eine Krocketpartie!"

„Ach ja, Tante Toni, die Mieze hat recht, wir wollen Krocket spielen!"

„Nee – Krocket ist entsetzlich langweilig!"

Tante Toni lachte: „Lieber Otto, das Wort ‚langweilig' scheint ein Lieblingsausdruck von dir zu sein! Ich stimme für Krocket. Wer spielt also mit?"

„Ich natürlich", erklärte Otto mit Bestimmtheit.

„Wie, Otto, du? – Du findest das Spiel doch so langweilig!"

16

„Immerhin weniger langweilig als gar nicht zu spielen."

„Nun gut also. Und wer spielt noch mit?"

„Ich – ich – ich!" schrien alle Kinder durcheinander.

„Ja, wir können aber nicht alle spielen, wir sind etwas zu zahlreich. Ich will gerne zuschauen."

„Nein, Tante Toni, das gibt's nicht. Du mußt vor allen mitspielen. Wir können ja das Los ziehen, um zu sehen, wer mitspielt."

„Ach nein; da gibt's doch immer Ärgerliche und Unzufriedene", behauptete Mariechen Helmer. „Spiele du mit den Größeren, Tante Toni; ich nehme die Kleineren mit auf die Wiese und spiele mit ihnen Ball oder Reifen. Komm, Tonichen; kommt, Rudi, Lilly und Anna, wollt ihr mit mir gehen?"

„Ich schau' lieber den Großen zu", erklärte Rudi.

„Wir können zu sechs spielen, drei gegen drei", erklärte Philipp Helmer. „Tante Toni, Paul, Kurt, Otto und ich, das sind fünf; da kann der Rudi also mit uns spielen."

„Nein, der Rudi spielt viel zu schlecht, den will ich nicht!" rief Otto. „Dann lieber die Lilly."

„Ach ja, Tante Toni, laß mich mitspielen, ich spiele schon sehr gut!" bat Lilly, und nach einigem Hinundher kam endlich die Partie zustande, und zwar so, daß Tante Toni mit Kurt und Lilly gegen Paul, Philipp und Otto spielte.

Im Anfang ging alles ganz gut; als aber Paul einen ungeschickten Schlag ausführte, wurde er verdrießlich und ärgerlich. Bald darauf passierte seinen beiden Partnern Otto und Philipp dasselbe Mißgeschick; da geriet er ganz außer sich und machte ihnen die größten Vorwürfe; diese wollten sich das aber nicht gefallen lassen, und Philipp meinte spöttisch:

„Ei, wenn du schimpfen willst, so fang' nur bei dir selber

an! Du bist uns mit dem schlechten Beispiel vorangegangen; du hast die erste Dummheit gemacht."

„Das kann dem besten Spieler einmal passieren."

„Gewiß; aber um so eher kann es mittelmäßigen Spielern passieren, und zu denen rechnest du Otto und mich ja doch!"

„Aber keine Spur von einer Latern'! Zu den s c h l e c h t e n Spielern rechne ich euch, zu den ganz schlechten! Ihr spielt geradezu miserabel – wie soll man denn eine Partie gewinnen mit solchen Partnern? Da ist ja nicht daran zu denken – das ist überhaupt gar kein Spiel mehr!"

„Das finde ich auch", versetzte Tante Toni, die dem Streite bisher schweigend zugehört hatte. „Sag' mal, lieber Paul, weshalb spielen wir denn eigentlich Krocket?"

„Nun, um zu gewinnen; das ist doch selbstverständlich!"

„Doch nicht so ganz. Der Hauptzweck ist doch der: wir wollen uns unterhalten und uns am Spiel erfreuen, indem jeder danach trachtet, den andern an Geschicklichkeit zu überbieten, aber in aller Freundschaft; und wenn man eine Dummheit oder eine Ungeschicklichkeit begeht, dann lacht man sich gegenseitig ein wenig aus – wieder in aller Freundschaft. Es kann ja natürlich nur e i n e Partei gewinnen – wenn aber dann die Verlierenden sich jedesmal gebärden, wie wenn ihnen ein Unglück widerführe oder ein Unrecht geschähe – ja, dann hört eben aller Spaß auf und man kann das kein Spiel mehr nennen. Nun, was meinst du dazu, Paul?"

„Ja, Tante Toni, du hast eigentlich recht. Wenn's einem aber egal ist, ob man gewinnt oder nicht, dann gibt man sich auch keine Mühe, und das Spiel ist gar nicht interessant."

„So habe ich's aber auch nicht gemeint. Es soll einem gewiß nicht egal sein, und jeder muß sich natürlich die größte Mühe geben, um zu gewinnen. Das Gewinnen soll nur nicht der Haupt- und alleinige Zweck des Spieles sein. – So, ich glaube, ich bin nun an der Reihe, und wirklich, Paul, ich werde mich tüchtig anstrengen, um einen Meisterschlag zu vollführen!"

„Bravo, Tante Toni! Das hast du gut gemacht, du hast Ottos Kugel getroffen – hinaus mit ihr, so weit du kannst!"

„Ich will sie lieber liegen lassen und benützen, um durch die Schelle zu kommen; sie liegt doch hinter ihrem Reifen."

Als Tante Toni sich umdrehte, sah sie gerade, wie Lilly mit dem Füßchen ihre Kugel ein wenig vorschob, so daß sie für den nächsten Schlag in eine günstigere Lage kam. Sie sagte nichts, sie schaute nur Lilly ernst an. Diese wurde ein bißchen rot und tat, als ob sie bloß ein Steinchen unter ihrer Kugel entfernt hätte.

Nachdem nun Kurt gespielt hatte, kam Philipp an die Reihe; er gab seiner Kugel einen kräftigen Schlag, so daß sie durch ihren Reifen flog und in Lillys Nähe zu liegen kam; als Kurt sich nun anschickte, Lillys Kugel zu treffen, schrie diese ihn an:

„Du, das gibt's nicht! Philipp, du hast gepfuscht; deine Kugel lag vorhin so, daß du gar nicht durch deinen Reifen kommen konntest!"

„Sag' noch einmal, ich hätte gepfuscht, du kleine Kröte!" ereiferte sich Philipp.

„Du hast gepfuscht – gepfuscht – gepfuscht!" schrie Lilly.

„Impertinente kleine Person!" Philipp war rot vor Ärger, und er hätte seine kleine Cousine gewiß etwas unsanft angefaßt, wenn Tante Toni nicht dazwischengetreten wäre.

„Lilly, schau mich mal an, und dann sage mir ehrlich: Hast du gesehen, daß Philipp gepfuscht hat?"

Lilly wurde verlegen. „Nein, gesehen hab' ich es nicht – aber vorhin lag seine Kugel anders, und da ...!"

„O, da kann man sich so leicht täuschen! Sieh, mir kommt

es vor, als hätte d e i n e Kugel vorhin auch anders gelegen."

Lilly senkte die Augen vor dem klaren, durchdringenden
Blick der Tante; sie wurde so verlegen, daß Tante Toni
Mitleid mit ihr hatte und Philipp einen Wink gab, den der
gutmütige Junge auch verstand, worauf er weiterspielte, als
ob nichts geschehen wäre, und er behandelte Lillys Kugel so
glimpflich, daß dieselbe ganz in der Nähe ihres Reifens liegen
blieb.

Das Spiel nahm nun einen ganz friedlichen Verlauf, es
wurde sogar lustig, weil Tante Toni nachdem sie wieder
einmal einen Meisterschlag versprochen hatte, glänzend am
Ziele vorbeischoß, worüber sie selbst in lustiges Lachen
ausbrach; die Kinder stimmten von Herzen ein, und von
diesem Augenblicke an wurde über jeden ungeschickten
Schlag gelacht und nicht mehr gezankt.

So ging alles vortrefflich; selbst Lilly war wieder ganz
vergnügt, sie war sogar sehr stolz, denn sie hatte mit
einigen geschickten Schlägen ihre Kugel weit voran
gebracht. Sie lag eben wieder sehr schön vor ihrem Reifen,
als Paul, der Anführer der Gegenpartei, dieselbe traf und mit
einem kräftigen Schlag ziemlich weit fortschickte.

Da warf Lilly einfach ihren Hammer hin; sie sagte: „Ich
spiel' nicht mehr mit!" und setzte sich schmollend in einen
Winkel. Tante Toni sah ihr ganz überrascht nach, Paul aber
sagte ärgerlich:

„Ja, so macht sie's immer. Wie ihr etwas nicht nach dem
Kopf geht, dann läuft sie fort und verdirbt einem das ganze
Spiel."

„Soll ich hingehen und sie zu versöhnen suchen?" schlug
der gutmütige Philipp vor.

„O nein", antwortete Tante Toni, „das wäre ganz verkehrt;
dann würde sie es bei der nächsten Gelegenheit gleich
wieder so machen. Nein, wir lassen sie ganz ruhig in ihrem
Schmollwinkelchen sitzen, und Rudi kann für sie
einspringen. Magst du, Rudi?"

„Aber wie gern, Tante Toni!"

„Ach nein, der Rudi spielt gar zu schlecht", knurrte Otto.

„Aber Otto, das kann dir doch nur angenehm sein, er ist ja dein Gegner!"

„Ach, das ist ja überhaupt gar keine Ehre mehr, gegen solch einen Gegner zu gewinnen!"

„Ich spiel' gar nicht so schlecht, Tante Toni, du wirst es schon sehen", und Rudis eben noch vor Freude strahlende Augen füllten sich mit Tränen.

„Ich bin überzeugt, daß du recht gut spielst, mein lieber Rudi", tröstete ihn Tante Toni und sah sich nach Lillys Hammer um; allein inzwischen war Otto zu seiner Schwester gegangen und hatte leise aber eindringlich auf sie eingesprochen, und gerade als Tante Toni sich nach dem Hammer bücken wollte, sprang Lilly herbei, erfaßte ihn und rief: „Ich spiel' selbst weiter!"

Tante Toni sah unschlüssig von einem Kinde zum andern. Ihr Gerechtigkeitsgefühl sagte ihr, daß Lilly Strafe verdient habe und eigentlich vom Spiel ausgeschlossen bleiben müßte – sie wußte ja auch, daß Lilly nur deshalb wieder mitspielen wollte, weil sie und Otto dem kleinen Rudi das Vergnügen mißgönnten. Anderseits konnte sie es aber nicht übers Herz bringen, gegen die beiden mutterlosen Kinder strenge zu sein. Sie neigte sich deshalb zum enttäuschten Rudi nieder und erklärte ihm: „Lieber Rudi, wir sehen und wissen beide, daß Otto und Lilly nicht schön handeln, aber sie haben eben keine liebe Mutter, die ihnen täglich und stündlich zur Seite steht, sie ermahnt und belehrt – wir wollen daran denken und Geduld mit ihnen haben, nicht? Aber du sollst nicht zu kurz kommen, und ich verspreche dir, die nächste Krocketpartie mache ich mit dir, Mieze und Anna. Bist du zufrieden?"

Rudi nickte unter Tränen lächelnd, und Tante Toni gab ihm noch einen herzlichen Kuß, als Otto ungeduldig rief: „Holla, Tante Toni, aufgepaßt, du bist dran!" Während Tante Toni spielte, stieß Otto den Rudi an und höhnte: „Hä, du spielst doch nicht mit, siehst du's?"

Rudi war ein guter Junge, jedoch er konnte Spott nicht vertragen. Er wurde sehr rot bei Ottos Worten, aber er dachte noch daran, was Tante Toni ihm eben gesagt hatte, und er hielt an sich. Er streckte seine Hände in die Hosentaschen und drehte Otto den Rücken.

„Ja, geh' nur fort, geh' zu den Kleinen ins Kinderzimmer, da gehörst du auch hin. Hier störst du uns ja nur."

Rudi stellte sich breitspurig hin und sagte: „Ich bleibe hier und schaue zu."

„Ich sag' dir aber, daß du fortgehen sollst!"

„Du hast mir nichts zu sagen."

„Gewiß, denn ich bin älter, größer und stärker als du."

„Älter, ja; größer nicht viel, aber stärker gar nicht."

„Was hast du gesagt, du frecher Knirps du? Sag's doch noch einmal, wenn du's wagst!"

„Ich bin stärker wie du."

„Mit dem Mund vielleicht, aber nicht in Wirklichkeit."

„Soll ich's beweisen?"

„Das wagst du ja nicht, du Feigling!"

Nun war Rudis Geduld zu Ende. Er stürzte sich auf Otto, und die beiden Knaben begannen zu ringen. Otto war allerdings fast drei Jahre älter als Rudi, aber er war verhältnismäßig klein und zart gebaut, während Rudi groß und kräftig war. Rudi bekam denn auch bald die Oberhand, und ehe es der erschrocken herbeieilenden Tante Toni gelang, die beiden zu trennen, lag Otto auf der Erde. Sofort begann er ein entsetzliches Wehegeschrei, so daß nicht nur Mieze mit den andern Kindern gelaufen kamen, um zu sehen, was geschehen sei, sondern auch die Eltern, die in der Nähe des Hauses in einer Laube gesessen hatten.

Frau Helmer rief, die Hände ringend: „Natürlich wieder mein Rudi! Wenn ich Geschrei höre, dann brauch' ich gar nicht zu fragen, denn ich weiß schon im voraus, daß der Rudi wieder etwas angestellt hat!"

Frau Wulff und Tante Toni hatten sich inzwischen um Otto bemüht, hatten ihn befragt, befühlt und betastet und konnten gar nicht finden, wo er eigentlich verletzt war.

„So sag' uns doch endlich mal, wo es dir fehlt!" rief Tante Toni aus. „Ich kann mir doch nicht denken, daß du uns ohne Grund so erschreckt hast!"

Otto antwortete nicht sofort – dann aber fuhr er sich mit beiden Händen an den Kopf und jammerte: „Mein Kopf, o mein Kopf!"

Tante Toni und Frau Wulff sahen sich besorgt an; sie führten ihn ins Haus, um ihn aufs Sofa zu legen und ihm Umschläge auf den Kopf zu machen. Im Vorbeigehen warf Tante Toni dem Rudi einen vorwurfsvollen Blick zu. Das Kind wandte sich ab – es hatte eben schon die Vorwürfe seiner Mutter zu hören bekommen –, sein sonst so offenes, liebes Gesicht bekam einen Ausdruck von finsterem Trotz. Ohne ein Wort zu sagen, verließ er den Spielplatz.

Mariechen aber hatte ihr Brüderchen beobachtet. Sie ging ihm leise nach; sie wußte, sein Trotz würde nicht lange dauern, sondern bald einem großen Schmerz weichen. Schon mehrmals hatte sie Rudi nach einem solchen Auftritt bitterlich weinend in irgendeinem Gebüsch des Gartens versteckt gefunden. Diesmal war er ganz hinten in den Garten gegangen; dort war ein stilles, von dunkeln Tannen und dichtem Gesträuch umstandenes Plätzchen; da hockte er auf einer Bank, die Arme auf die Lehne gestützt und den Kopf darin vergraben.

Mariechen setzte sich neben ihn.

„Komm, Rudi, sag' mir's, wie ist's denn wieder gekommen?"

Zuerst wollte Rudi nicht antworten, endlich stieß er hervor: „Nun, wie halt immer. Erst höhnt er mich und reizt mich, bis ich nicht mehr anders kann, als ihn anpacken, und sowie er fühlt, daß er unterliegen wird, dann fängt er seine Brüllerei an, stellt sich, wie wenn ich ihm Gott weiß was getan hätte – und ich krieg's nachher von allen!"

Es klangen Trotz, Schmerz und Bitterkeit aus seiner Stimme.

Mariechen schlang ihren Arm um Rudi und sagte begütigend: „Komm, Rudi, wir wissen's ja doch, daß Otto der schuldige Teil ist, und ..."

„So? Hast du denn nicht gehört, was Mama eben sagte, und hast du nicht gesehen, wie Tante Toni mich angeschaut hat? Und Tante Toni hatte mir doch gerade gesagt ..." Hier ging die Stimme des Knaben in Schluchzen über.

„Komm, Rudichen, mein liebes Goldrudichen, weine nicht so. Sag' mir genau, wie alles gekommen ist – ich erzähle es der Tante Toni, und ich werde schon sorgen, daß sie keine falsche Meinung von dir behält."

„Es wird ihr aber recht leid tun; denn sie hat Otto und Lilly sehr lieb, weil sie keine Mama mehr haben. Für uns ist das aber auch schrecklich; sie sind beide unausstehlich, und wir müssen uns alles von ihnen gefallen lassen; niemand straft sie, und wenn man sich über sie beklagt, dann heißt es nur immer: ‚Habt doch Geduld mit den armen Kindern, denn sie haben keine Mutter mehr.'"

„Ja, Rudi, das ist freilich alles wahr", sagte Mariechen; dann schwieg sie nachdenklich still, während ihr Brüderchen fortfuhr:

„Und dazu sind sie auch fast immer bei uns oder hier bei Wulffs – wir können niemals etwas unternehmen, außer sie müssen dabei sein."

„Ja, Rudi, denke doch aber auch daran, wie traurig es bei

ihnen zu Hause ist so ohne Mama und fast ohne Papa; denn du weißt ja, wie angestrengt Onkel Robert arbeiten muß und daß er sich fast nicht um seine Kinder kümmern kann."

„O, Fräulein Helene sorgt aber doch recht gut für sie!"

„Das ist aber doch nicht dasselbe. Denke nur daran, wie unsere Mutter jeden Abend mit uns betet, wie sie selbst die Kleinen besorgt und ins Bettchen legt, wie sie noch zu jedem von uns ans Bett kommt, um uns das Kreuzzeichen zu machen und den letzten Gutenachtkuß zu geben; denke doch daran, wie du immer und zu jeder Stunde zu ihr gehen, sie um alles bitten und fragen kannst. Versuche doch einmal dir vorzustellen, wie schrecklich es wäre, wenn wir unsere Mama nicht mehr hätten!"

„Nein, nein, Mieze, daran kann und will ich gar nicht denken. Und jetzt – vielleicht weint sie gerade, weil ich vorhin so zornig war!" Bei diesem Gedanken fingen Rudis Tränen wieder an zu fließen.

„Komm, wir wollen sie schnell aufsuchen!" Mariechen sprang auf und zog ihr Brüderchen mit sich fort. Sie waren aber kaum ans ihrem versteckten Plätzchen hervorgetreten, da erblickten sie ganz in der Nähe ihre Mutter und Tante Toni. Rudi wollte sich schnell verstecken, aber Mariechen hielt ihn fest und sagte: „Geh' du nur gleich zu Mama – ich nehme inzwischen Tante Toni beiseite und erkläre ihr alles."

Mariechen erzählte nun Tante Toni, wie vorhin der Streit zwischen Otto und Rudi entstanden war. Tante Toni hörte aufmerksam zu, dann sagte sie:

„Es ist mir schon mehrmals aufgefallen, daß Otto und Lilly nicht nett mit Rudi sind."

„Nicht wahr, du hast es auch bemerkt?" rief Mariechen eifrig. „Was mögen sie nur gegen den guten Rudi haben? Otto neckt und ärgert uns ja alle gern, aber doch ganz besonders den Rudi – er weiß, daß der Rudi Spöttereien nicht vertragen kann; er weiß aber auch, daß Rudi ihm nichts tun darf. Du kannst mir glauben, Tante Toni, ich habe schon manchmal gemerkt, wie Rudi an sich gehalten und wie er sich beherrscht hat – aber wenn dann Otto gar nicht aufhört und nur immer ärger kommt, dann bricht er halt los, und man kann's dem kleinen Buben doch nicht so streng anrechnen, wenn er im Zorn einmal ein bißchen fest dreinschlägt; dann gibt's aber jedesmal ein Gebrüll und ein Getue, wie du es vorhin gehört hast, und die ganze Familie gerät in Aufregung, weil Otto doch keine so feste Gesundheit hat. Vor einiger Zeit hat er sich nach solch einer Balgerei sogar ein paar Tage ins Bett gelegt und hat behauptet, es sei ihm entsetzlich übel; als ich ihm aber ein großes Stück Kuchen brachte, da hat er's mit dem besten Appetit verzehrt, und wie dann Onkel Wulff von einem Ausflug in die Lichtenau sprach, da war Herr Otto plötzlich wieder gesund. Und Lilly hält zu Otto – bei sich zu Hause streiten sie auch miteinander, aber gegen uns halten sie stets zusammen. Und wirklich, Tante Toni, wir lassen uns viel von den beiden gefallen, denn sie tun uns ja doch wieder so leid, weil ihre Mutter tot ist."

Tante Toni seufzte und ging eine Weile schweigend neben Mariechen her. Endlich sagte sie: „Wir wollen unsere Hoffnung auf Ottos erste heilige Kommunion bauen, und wir wollen recht eifrig für ihn beten, liebes Mariechen. Otto und Lilly waren doch so liebe, herzige Kinder, als sie noch klein waren – und sie haben auch einen so vorzüglichen Vater!"

„O ja, Tante Toni! Sie hängen aber auch beide sehr an ihrem Vater, und wenn Onkel Robert dabei ist, dann sind sie einfach musterhaft. Ach, es ist recht schade, daß er immer so viel zu tun hat!"

In diesem Augenblick kam Anna herbeigesprungen: „Tante Toni und Mieze, wo bleibt ihr denn? Schnell kommt Kaffee trinken, sonst kriegt ihr nichts mehr; denn der arme Otto hat von seinem Sturze einen wahren Heißhunger davongetragen. Er hat schon verschiedene Rosenbrötchen, zwei Stücke Kuchen und drei Bretzeln verschlungen!"

Drittes Kapitel.

Was die Kinder werden wollen.

Als Tante Toni und Mariechen ins Haus kamen, fanden sie wirklich die ganze Gesellschaft um den Kaffeetisch versammelt. Otto machte noch ein etwas leidendes Gesicht, aber die Besorgnisse seiner Tanten verflogen doch gänzlich, als sie sahen, mit welchem Behagen er in seine Bretzel biß.

„Wenigstens die fünfte!" flüsterte Anna dem Mariechen zu.

„Ei, da ist ja auch Leo!" rief Tante Toni erfreut aus, als sie den kleinen, dicken Burschen auf einem hohen Kinderstühlchen am Tisch sitzen sah.

„Ja, ich darf heut' mit den Großen Kaffee trinken, damit du auch eine Freude hast", erklärte der Kleine mit überzeugtem Tone, und wichtig fügte er hinzu: „Tante, das Minnichen kann schon beinah' ‚Toni' sagen; es macht schon: ‚Mieh – Mieh'!"

„Wirklich? Das ist aber schön und das freut mich; später gehe ich auch mit dir hinauf, und dann muß Minnichen es mir vorsagen."

Jetzt kam Mariechen mit der großen Kaffeekanne. „Darf ich dir einschenken, Tante?"

„Gewiß, Mariechen! Ich danke dir. Aber wo sind denn die Papas?"

Kurt antwortete: „Papa und Onkel Helmer wollten ein bißchen spazieren gehen; sie werden aber nicht weit gekommen sein, denn es fängt gerade an zu regnen."

„Und Onkel Robert?"

„O, der Papa hat heute wieder arg viel zu tun", erklärte Lilly wichtig. „Erst mußte er noch einen großen Artikel für seine Zeitung schreiben, und dann wartete er auch noch auf verschiedene Leute, mit denen er zu sprechen hat."

„Also nicht einmal den Sonntagnachmittag kann er sich frei machen!"

Frau Wulff flüsterte ihrer Schwester halblaut zu: „Der arme Robert ist wieder arg angegriffen worden. Er wird schließlich doch noch zu Gericht gehen müssen, um Ruhe zu bekommen."

Otto hatte die Ohren gespitzt und einiges verstanden. Ärgerlich rief er aus: „Ich möchte, Papa jagte die ganze Zeitungsgeschichte zum Kuckuck und er würde etwas anderes als Redakteur!"

„Aber Otto, wie kannst du so etwas sagen! Du weißt doch, daß dein Vater der Anführer und Leiter der Katholiken hier ist. Ich wüßte niemand, der ihn ersetzen könnte, wenn er sich zurückziehen wollte."

„Er hat aber doch nur Last und Arbeit und noch dazu Ärger mehr wie genug – und es dankt's ihm kein Mensch!"

„Gewiß, Otto, ich weiß viele, die mit großer Liebe und Verehrung an deinem Vater hängen."

„O Tante Toni, es sind noch viel mehr, die ihn beschimpfen und verleumden!"

„Das passiert jedem, der mit Eifer und Erfolg eine gute Sache vertritt. Ein mutiger Soldat wirft deshalb seine Flinte nicht ins Korn!"

„Na, Tante Toni, ich werde jedenfalls mal nicht Redakteur des ‚Mainboten'!"

„Ei, Otto, das von dir zu hören, tut mir wirklich leid. Ich hätte gedacht, du würdest einmal mutig in die Fußstapfen deines Vaters treten und es dir zur Ehre anrechnen, so wie er all deine Kraft für die gute Sache einzusetzen. Es fehlt dir also der Mut dazu?"

„Nein, der Mut nicht, aber die Lust!"

„O–h!" machte Tante Toni gedehnt, und sie sah Otto dabei
mit ihren klaren Augen so durchdringend an, daß er
verlegen auf seinen Teller blickte, und als Tante Toni nun
weiterfragte: „Was möchtest du denn werden?" da
antwortete er ausweichend: „Ich weiß es noch nicht recht –
vielleicht Reiteroffizier."

„Ich geh' einmal zur Marine", erklärte hierauf Paul mit
Bestimmtheit.

„Und ich wahrscheinlich auch", ließ sich sein
Zwillingsbruder Kurt vernehmen, „aber nicht als Offizier,
sondern als Arzt oder Naturforscher, damit ich mich mal
einer Nordpolexpedition anschließen kann."

„So, du möchtest wohl ein berühmter Reisender werden,
wie z. B. Fridtjof Nansen? Nun, und du, Philipp?"

„O Tante, den brauchst du gar nicht zu fragen!" riefen die
andern Kinder lachend. „Der Philipp, der muß Ingenieur
werden; der hockt ja jetzt schon die meiste Zeit in der Fabrik
und bosselt an den Maschinen herum."

„Denke nur, Tante", erzählte Rudi, „neulich war an der
neuen Dampfmaschine etwas nicht in Ordnung; man wollte
schon dem Monteur telegraphieren, der sie aufgestellt hat,
aber da hat der Philipp herausgefunden, woran es lag, und
der Maschinist hat gesagt: ‚Das ist aber mal ein Hauptkerl!'"
Und Rudis Augen leuchteten vor Freude und Stolz über
seinen tüchtigen Bruder.

„Recht so, Philipp, das höre ich gern; da bekommt der Papa
an dir später eine gute Hilfe in dem großen Betrieb." Und
Tante Toni nickte dem Neffen freundlich zu. Dieser war
etwas rot geworden, hatte sich aber weiter nicht in seiner
Gemütsruhe stören lassen.

„So, nun müssen aber auch die andern heraus mit der

30

Sprache!" rief Tante Toni lustig. „Also Mariechen, wie steht es mit dir?"

Ehe Mariechen noch antworten konnte, rief Anna lachend: „O, das ist eine Betschwester – die ginge ins Kloster, wenn es dort nur einen Spiegel gäbe!"

„Halt den Schnabel, vorlautes Ding; du bist ja nicht gefragt!"

„Ich danke dir, teurer Bruder Paul, für die liebevolle Zurechtweisung!"

„Zankt euch doch nicht wieder, ihr beiden, und laßt Mariechen endlich zu Wort kommen."

„O, ich habe nicht viel zu sagen", meinte Mariechen errötend. „Vorläufig lerne ich recht fleißig, damit ich später mein Examen machen kann. Das weitere wird sich dann schon finden."

„Bravo, Mieze!"

Aber Anna konnte das Necken nicht lassen; sie machte ein drollig zerknirschtes Gesicht und rief aus: „Mieze, du bist einfach ein Musterkind. Ich fühle mich wirklich so unwürdig, neben dir zu sitzen, daß ich meine, der Erdboden müßte mich verschlingen." Und damit verschwand sie unter dem Tisch.

Alle lachten; auch die geneckte Mieze lachte herzlich mit, dann rief sie munter:

„Nun hast du so gut für mich geantwortet; jetzt sprich für dich selbst; also ich frage dich feierlich: Was willst du werden, Anna Wulff?"

„Nun, ich heirate natürlich", klang es unter dem Tisch herauf.

Wieder entstand allgemeines Gelächter.

„Was gibt's denn da zu lachen?" Und Annas Kopf tauchte

31

empor.

„Zum Heiraten gehören zwei", belehrte Kurt mit weiser Miene.

„Das weiß ich doch, daß ich mich nicht selbst heiraten kann. Ich heirate den netten holländischen Jungen, mit dem wir voriges Jahr im Seebad gespielt haben."

„O, den dicken Jan!" lachte Kurt. „Du bist nicht dumm, Änne, denn sein Vater ist Millionär. Ob der dich aber will?"

„O, der wird schon wollen!" versicherte Anna in überzeugtem Ton.

„Ich bin noch nicht gefragt worden", meldete sich nun Lilly.

„Also, Lilly, leg' los! Ich wette, du wirst eine alte Jungfer!"

Lilly warf ihrem Vetter Paul einen sehr entrüsteten Blick zu und entgegnete: „Fällt mir nicht ein, eine alte Jungfer zu werden – da heirat' ich doch noch eher einen von euch!"

„Ums Himmels willen, doch nicht mich?" schrie Paul in komischem Entsetzen auf, und er streckte wie abwehrend die Hände aus.

„Nein, dich mag ich gar nicht, du bist mir zu grob – aber vielleicht den Philipp!"

Philipp machte ein äußerst verblüfftes Gesicht bei dieser Erklärung.

„Warum denn gerade mich?" fragte er in kläglichem Ton.

„Du bist der gutmütigste von allen, und dich werde ich schon bald unter den Pantoffel kriegen", erklärte Lilly mit einem siegesgewissen Blick auf ihren Vetter, der dasaß mit der Miene eines Opferlammes, welches zur Schlachtbank geführt werden soll.

Die andern schrien vor Lachen. Frau Wulff, welche gerade der Tante Luise Helmer eine neue Tasse Kaffee einschenken wollte, schüttete vor lauter Lachen daneben; Mieze hielt sich die Seiten und bog sich; Anna hatte sich verschluckt, und lachend, hustend und pustend verteidigte sie sich gegen ihre Brüder, die ihr allzu diensteifrig und kräftig ans den Rücken klopften.

„Genug, Kinder, genug!" rief Tante Toni in den Tumult hinein; aber sie mußte selbst wieder von neuem lachen, und es dauerte noch eine kleine Weile, ehe sie fortfahren konnte: „Wir sind ja noch nicht fertig. Wer ist denn an der Reihe, gefragt zu werden?"

„Der Rudi, der Rudi!" hieß es, und Otto fügte mit geringschätziger Miene hinzu:

„Den brauchst du gar nicht zu fragen, Tante Toni; der will Kutscher werden!"

„Ach, Otto, das hab' ich doch nur früher gesagt, als ich noch ganz klein war!" verteidigte sich Rudi.

„Ei, was bist du denn jetzt? Bildest du dir vielleicht ein, du wärest schon groß?"

„Geh', Otto, sei nur still! Als du noch so ein kleiner Bubi warst wie hier das Leomännchen, da wolltest du auch Kutscher werden."

„Aber Tante Toni!"

„Gewiß; ich war damals ja längere Zeit bei euch; und wie oft hast du deine hölzernen Pferdchen an meinen Stuhl gespannt und mich so in der Welt herumkutschiert!"

„Aber doch nicht wirklich, Tante Toni?" fragte Leomännchen, der mit sichtlichem Interesse zugehört hatte.

„Nein, natürlich nur im Spiel. Und du, mein Leobübchen, du willst gewiß auch Kutscher werden?"

„O nein – ich werde Kaiser", erklärte der Kleine mit Bestimmtheit.

„O, Kaiser – nur Kaiser!" riefen alle erstaunt und belustigt. Tante Toni belehrte lächelnd:

„Kaiser kann man aber nur werden, wenn man ein Prinz ist."

„Ich heirat' einfach eine Prinzessin, dann werd' ich ein Prinz."

„O Dummerchen! Eine Prinzessin, die will dich doch nicht", spottete Anna.

„Dann heirat' ich zur Straf' gar nicht!" Und Leomännchen wandte sich gekränkt ab.

„Ach, was für eine entsetzliche Strafe!" schrie Anna lachend. Dann streckte sie wie flehend die Hände nach ihrem Brüderchen aus und rief: „Gnade, Kaiserliche Majestät! Die arme Prinzessin wird sich zu Tode grämen!"

Der Kleine sah Anna mit mißtrauischer Miene an. Er wußte nicht recht, was sie eigentlich meinte, aber er fühlte doch heraus, daß sie sich über ihn lustig machte; deshalb sagte er ärgerlich: „Geh' weg, böse Anna, du willst mich doch nur wieder ärgern!"

„Verstoßen! – ich bin verstoßen von Seiner Kaiserlichen Majestät!" jammerte Anna in komischer Verzweiflung; dann hielt sie der Mutter ihren Teller hin und flehte mit zitternder Stimme: „Ach, Kaiserin-Mutter, erbarmen Sie sich doch meiner und geben Sie mir zum Trost noch ein Stück Kuchen!"

Die Mutter lächelte nachsichtig: „Da hast du dein Stück Kuchen, kleine Komödiantin!"

„Meinen innigsten, meinen untertänigsten Dank!" Und dem kleinen Leo den Kuchen hinhaltend, fügte sie hinzu: „Auf dein Wohl, o großer, berühmter Kaiser, werde ich diesen Kuchen verspeisen." Dann streckte sie ihrem sie erstaunt anblickenden Brüderchen die Zunge heraus und biß in den Kuchen.

„Aber pfui, Anna, was gibst du dem Kleinen für ein schlechtes Beispiel!" rügte die Mutter.

Leomännchen aber hatte schon Tränen in den Augen, und er rief entrüstet: „Böse Anna, unartige Anna!" worauf diese entgegnete: „Süßes Leomännchen, herziges, zuckeriges Leobübchen, großer Kaiser!"

„Ach, so laß mich doch mal endlich in Ruh, du garstiges Ding!" Und große Tränen rollten über Leos runde Bäckchen.

„Ach, ein weinender Kaiser!" Und Anna deutete mit dem Finger nach ihm.

„So, Anna, nun ist's genug; du läßt mir jetzt den Kleinen in Ruh!" befahl die Mutter in strengem Ton. Sich dann an alle andern wendend fügte sie hinzu: „Ich denke, wir sind fertig und gehen nun hinüber ins Wohnzimmer, damit die Mädchen hier den Tisch abräumen können."

Kaum hatte Tante Toni sich im Wohnzimmer niedergelassen, da krabbelte Leomännchen auch schon auf ihren Schoß; die andern Kinder lagerten sich um sie herum und riefen: „Bitte, Tante Toni, erzähle uns etwas!" Und Tante Toni erzählte den aufmerksam horchenden Kindern lustige und ernste Geschichten, bis Tante Luise Helmer erklärte: „Nun ist's genug; Tante Toni ist sicher müde, und für uns ist es nun Zeit, nach Hause zu gehen. Kommt, Mariechen, Philipp und Rudi, macht euch zurecht und verabschiedet euch!"

Später, als Tante Toni mit den Kindern das Abendgebet verrichtet hatte, wollte sie den kleinen Leo zu Bett bringen. Der blieb aber knien und erklärte: „Ich bin noch nicht fertig, ich habe noch etwas zu beten." Dann faltete er wieder seine Händchen, und zum Kreuzbilde emporblickend betete er inbrünstig:

„Ach, lieber Gott, ich bitte dich recht sehr, schick' doch den Storch, daß er die Anna wieder fortholt; wir können sie nicht brauchen, sie ist wirklich zu bös. In Ewigkeit. Amen." Dann stand er mit befriedigter Miene auf. Anna jedoch machte ein recht verdutztes Gesicht; sie wußte nicht recht, ob sie lachen oder sich ärgern sollte. Sie sagte aber nichts, sondern schlich sich still hinaus.

———————————————————

Viertes Kapitel.

Es wird spazierengegangen; man begegnet der alten Babett; Anna wird Prophetin und Rudi Schwanenritter.

Am nächsten schulfreien Nachmittag waren wieder alle Kinder im Wulffschen Garten versammelt; sie waren zum Spaziergang gerüstet und warteten auf Tante Toni. Diese trat eben aus der Haustüre, die kleine Toni an der Hand führend.

„Was, soll die auch mit?" rief Otto ärgerlich. „Warum denn nicht auch der Leo und das Minnichen und die zwei Jüngsten von Tante Luise? Ich könnte mich ja vor den Kinderwagen spannen!"

Klein Toni sah mit ängstlich flehenden Augen zur Tante empor. Diese sah etwas ärgerlich aus, als sie antwortete: „Ich habe Toni versprochen, sie mitzunehmen, und sie geht mit. Übrigens, mein lieber Otto, ich werde auch in Zukunft zu unsern Spaziergängen einladen, wen ich will, ohne dich erst um Erlaubnis zu fragen."

Und sich dann an alle Kinder wendend fragte sie: „Wie steht es denn mit den Aufgaben? Seid ihr alle fertig?"

„Ja, ja, wir sind fertig!" riefen mehrere Stimmen; nur die größeren Knaben und Mariechen hatten noch einiges zu lernen; aber Tante Toni meinte:

„Nun, da wir um 6 Uhr zurück sein werden, habt ihr diesen Abend noch Zeit zum Studieren. Aber Kurt und Philipp, was schleppt ihr denn da in den schweren Rucksäcken?"

„Ei, Tante, unser Vieruhrbrot!"

„Nun, da scheint mir aber Vorrat für ein ganzes Bataillon zu sein!"

„O Tante, wart's mal ab! Du wirst sehen, daß wir nichts davon heimbringen werden."

„Und dem Philipp kannst du ein bißchen auf die Finger sehen, Tante; der hat immer schon eine halbe Stunde nach dem Mittagessen wieder Hunger, und er könnte ..."

„O, sei ruhig, Rudi", lachte Mariechen, „ich habe den Rucksack gut und fest zugebunden; er kriegt ihn so leicht nicht auf!"

„Also, nun vorwärts, Kinder!" mahnte Tante Toni. Als sie aber bemerkte, daß Paul auf die andere Seite der Straße hinüberging, fragte sie verwundert: „Warum gehst du so abseits, Paul? Warum bleibst du nicht bei uns?"

„Ach, Tante, die Leute schauen uns so an und lachen, weil wir so viele sind!"

„Ei, das tut doch nichts! Die Leute sind von früher daran gewöhnt. Sieh, der alte Uhrmacher Müller, wie er dort vor seiner Türe steht und mit dem ganzen Gesicht lacht! Wie oft hat er vor Jahren euern Großvater mit seinen zehn Kindern hier vorbeikommen sehen! Ja, es war immer die größte Freude meines lieben Vaters, wenn keines seiner Kinder beim Spaziergang fehlte."

„Tante Toni, ich möchte, der Großpapa und du, ihr zöget wieder hierher; das wäre doch schön! Möchtest du es nicht?"

„Ich möchte es wohl ganz gern; denn hier bin ich geboren, hier habe ich meine Kindheit und meine erste Jugend verbracht. Anderseits täte es mir aber auch wieder leid, von Walden wegzugehen; dort ist eure liebe Großmama gestorben; dort wohnen drei meiner Geschwister; dort haben wir ein zweites, liebes Heim gefunden."

„Gibt es in Walden auch so schöne Spaziergänge wie hier, Tante?"

„Es gibt dort wohl auch schöne Spaziergänge, aber doch nicht so mannigfaltig wie hier; auch muß man erst ein gut Stück über staubige Landstraßen gehen, ehe man an schöne Punkte oder schattige Wege kommt. Hier dagegen stößt dies herrliche kleine Tal gleich an die Stadt, es führt nicht nur zum Fasanenwald, sondern noch zu verschiedenen andern, wirklich schönen Aussichtspunkten. Bleibt doch einmal stehen, Kinder, und schaut euch von hier aus die Klosterruine dort drüben über dem See an. Die Bäume da bilden den Rahmen, im Vordergrund seht ihr die saftig grüne Wiese, dahinter die Ruine auf ihrer kleinen Insel, zwischen Baumgruppen hervorlugend – könnt ihr euch ein schöneres Bild denken? Aber ihr seid so an diesen Anblick gewöhnt, daß ihr achtlos daran vorbeigeht!"

„Doch nicht, Tante Toni, ich habe die Ruine sehr gern, und ich habe sie schon oft von hier aus betrachtet und auch in der Nähe."

„Natürlich, Tante, das müßtest du dir doch denken können! Es ist ja eine Klosterruine – wie könnte Mieze gleichgültig an einer Klosterruine vorbeigehen!"

„Ach, Anna, mußt du schon wieder anfangen!"

Aber Anna ließ sich nicht irremachen, sondern sie fuhr eifrig fort: „Sie hat schon mal geträumt, das Kloster sei wiederhergestellt worden und sie selbst walte darin als Äbtissin. Da man aber keinen Spiegel mit ins Kloster nehmen darf, hat sie sich eine Zelle ausgesucht, von der aus sie sich im See spiegeln kann."

„O Änne, da müßte der See aber erst gründlich gereinigt werden; denn aus diesem schlammigen Wasser ..."

„Kann ihr höchstens das Bild des Wassermannes entgegengrinsen, das meinst du doch, Tante Toni, nicht wahr? Ja, und dann reckt er die hageren langen Arme aus dem Wasser hervor – er greift nach der schönen Nonne in den wallenden weißen Gewändern – er faßt sie beim Schleier und zieht sie hinunter in die Tiefe!"

„Gräßlich, Änne! Wo hast du das wieder her?" Und Mariechen schüttelte sich schaudernd.

„Die Nonne mit den wallenden weißen Gewändern, die stammt wohl aus irgendeinem Gedicht. Aber was ist denn das für ein Orden?"

„Nun", verteidigte sich Anna, „das ist ein Orden, den Mariechen einmal gründen wird. Sie liebt doch die weißen Kleider viel zu sehr, um sich mal in eine schwarze oder braune Kutte zu stecken. Und in ihrem Orden braucht man sich auch nicht die Haare schneiden zu lassen – es wäre doch schade um ihre schönen blonden Locken! Und ihre Nagelfeile und die Bürstchen nimmt sie auch mit."

Mariechen war ganz rot und verlegen geworden, aber sie mußte doch lachen. Auch Tante Toni lachte, und Mariechen um die Schulter fassend rief sie scherzend: „Nun weiß ich doch, daß Miezchen auch einen kleinen Fehler hat und ein bißchen eitel ist!"

„Eitel ist sie eigentlich nicht", nahm Philipp seine Schwester in Schutz. „Denn wirklich eitle Mädchen, die putzen sich doch hauptsächlich, um sich dann auch von den Leuten begaffen zu lassen, und sie freuen sich, wenn man sie schöner findet als die andern. Unserer Mieze dagegen ist es schon genug, wenn sie nur nett und ordentlich aussieht, und sie hat es gar nicht gern, wenn man sie so viel anschaut; und wenn ihre Bekannten schönere Kleider haben als sie, da macht sie sich nichts daraus."

„O, ich auch nicht!" rief Anna mit geringschätziger Miene.

„Ja, Änne, dir sieht man's auf den ersten Blick an, daß du nicht eitel bist!"

„Schlampig ist sie einfach, die Änne!" entrüstete sich Kurt.

40

„Du könntest wenigstens deinen Schuhriemen ordentlich binden und deinen Strumpf heraufziehen – man schämt sich ja wirklich, mit dir zu gehen!"

„Puh, Kurt, tu' nur nicht so! Bis wir heute abend nach Hause kommen, wirst du wohl auch ein Loch in der Hose oder im Strumpf haben!"

„Das kann schon sein, das ist aber doch etwas ganz anderes!"

„Kommt, Kinder, fangt keinen Streit an!" suchte Tante Toni zu beschwichtigen. „Ich meine, wir wollen durch den Park und über die kleine Brücke gehen; oder geht ihr lieber neben dem Parke her über die große Brücke? – Aber wo ist denn der Rudi? Den seh' ich ja gar nicht mehr!"

„Der ist sicher wieder irgendeinem Getier nachgelaufen", meinte Mariechen. „Es ist unglaublich, was der alles aufstöbert und heimbringt – neulich kam er mit vier kleinen Fröschen heran."

„Sogar ein Heimchen hat er einmal gefangen."

„Rudi! – Rudi! – Wo steckst du?"

Keine Antwort.

„Wir wollen mal alle zu gleicher Zeit rufen", schlug Paul vor, „da wird er uns wohl hören. Also aufgepaßt – auf drei wird geschrien. Eins, zwei, drei!"

Und „Rudi!" schallte es vielstimmig, so daß Tante Toni sich erschrocken die Ohren zuhielt.

„Horcht, ich meine, ich hätte ihn antworten hören!"

„Richtig, da kommt er ja gelaufen!"

„Und schmutzig ist er!"

„Aber Rudi, wie siehst du aus! Was hast du denn angefangen?" Und Tante Toni sah den kleinen Burschen, der

41

mit zerzausten Locken, verkratztem Gesicht und übel
zugerichteter Kleidung herankam, vorwurfsvoll an.

„Ach, Tante, ich habe so ein schönes Eichhörnchen gesehen,
da wollte ich mir's gerne genauer anschauen; deshalb
schlich ich ihm leise nach, und als ich ihm auf einen Baum
nachkletterte – ja, da bin ich halt ein bißchen
heruntergepurzelt."

„Ein bißchen viel sogar, wie mir scheint!"

„Ich hab' mir aber nicht viel weh getan", versicherte er
treuherzig.

„Aber deinem Strumpf hast du recht weh getan und deinem
Anzug. Da wird sich die liebe Mutter freuen!"

Rudi senkte beschämt den Lockenkopf: „Ach, es war aber
doch ein s o s c h ö n e s Eichhörnchen mit einem so langen,
dicken Schwanz!"

„Du wirst von nun an schön in unserer Nähe bleiben, mein
lieber Bub." Und sich an alle Kinder wendend fuhr Tante
Toni fort: „Ich möchte euch überhaupt alle bitten, daß ihr
immer schön beisammenbleibt, daß sich keines absondert.
Auch hernach, wenn ihr oben beim Tempelchen spielen
dürft, da müßt ihr doch alle in Rufweite bleiben, so daß ihr
mich immer hören könnt, wenn ich euch zurückrufe. Wollt
ihr mir das versprechen?"

„Gewiß, Tante Toni!" versicherten die Kinder, und der Zug
setzte sich wieder in Bewegung.

Nachdem die kleine Eisenbahnbrücke überschritten war,
führte Tante Toni ihre Bande den Waldsaum entlang, und
sie betrachtete sinnend die liebliche Gegend, die sich zu ihrer
Linken ausbreitete. Als der Wald und mit ihm der Weg eine
kleine Biegung nach rechts machte, blieb sie stehen und
sagte:

„Seht, Kinder, wenn wir früher mit unserem Vater hier
spazierengingen, dann blieb er stets an dieser Stelle stehen,

um die schöne Aussicht zu genießen. Er kannte jeden Berg da drüben, jeden Wald, jedes Dorf."

„Unser Papa auch!" riefen Otto und Lilly gleichzeitig aus, und Otto fuhr fort: „Und der Papa hat uns auch schon von den Ausflügen erzählt, die ihr früher mit dem Großpapa gemacht habt, und er hat uns versprochen, er würde mit uns große Spaziergänge durch den Spessart machen, wenn wir einmal größer sind."

„Tante Toni, warst du auch schon auf all diesen Bergen?" fragte nun klein Tonichen.

„Auf vielen, aber doch lange nicht auf allen. Wir waren zuviele, und da die größeren Ausflüge teilweise zu Wagen gemacht wurden, konnte Großpapa uns nicht alle auf einmal mitnehmen, und wenn eine besonders große Tour gemacht werden sollte, dann gingen die Knaben mit und die Mädchen mußten zu Hause bleiben."

„Natürlich, immer die Mädchen, als ob die nicht gerade so gut laufen könnten wie die Buben!" schmollte Anna.

„Ja, Anna, d u kannst auch gut laufen", und Tonichen stieß einen kleinen Seufzer aus.

„Anna hätte eigentlich ein Bub sein sollen", behauptete Philipp.

„Ja, und du ein Mädchen, gelt, Philippinchen?" neckte Kurt.

Philipp errötete und rief heftig abwehrend aus: „Gott behüte! Nicht um die Welt möcht' ich ein Mädchen sein!"

„Siehst du nun, Philipp! Und du behauptest doch so oft, wir Mädchen hätten es besser als die Buben."

„Das habt ihr auch; wenigstens bequemer."

„Ei, Philipp", mischte sich Tante Toni ein, „findest du zum Beispiel, daß deine Mutter es so bequem hat? Sie ist des Morgens die erste auf und des Abends die letzte, die sich zur Ruhe begibt, und unter Tags habe ich d i c h schon öfter auf dem Sofa gesehen als deine Mama."

„Ja, die Mama, das ist auch etwas ganz anderes!"

„Nun, und Tante Maria Wulff? – Und noch recht viele könnte ich dir nennen, welche ..."

„Ja, Tante, das sind auch keine Mädchen mehr; ich spreche ja nur von den Mädchen."

„Nun gut, so sprechen wir von den Mädchen. Nehmen wir zum Beispiel hier unser Mariechen. Inwiefern hat sie es denn besser als du? Sie braucht allerdings kein Latein, kein Griechisch und keine Mathematik zu lernen, trotzdem hat sie reichlich viel Schularbeiten; sie hat ferner ihre Musikstunden, muß täglich Klavier üben; in ihrer freien Zeit muß sie auch oft auf die kleinen Geschwister achtgeben, und ich habe mir sagen lassen, daß sie einem ihrer Brüder schon manchen Knopf angenäht hat, daß sie sogar im lateinischen Wörterbuch schon ziemlich Bescheid weiß, weil sie eben dem betreffenden Herrn Bruder häufig beim Nachschlagen der Wörter hilft."

Philipp sah beschämt und verlegen drein; aber bald hob er den Kopf und bekannte offen und ehrlich: „Ja, Tante, du hast recht. Aber unsere Mieze ist auch wirklich eine gute Schwester."

„Und auch eine gute Cousine!" rief Anna, und die andern stimmten bei, nur Lilly klagte:

„Sie ist nur zu streng, und sie will immer recht haben!"

Die andern schauten Lilly mißbilligend an, und Kurt erklärte in sehr bestimmtem Tone: „Sie hat auch immer recht; dir gegenüber mal ganz gewiß."

Lilly wurde ganz rot vor Ärger, und schon wollte sie eine recht unartige Antwort geben, da legte sich Ottos Hand auf ihren Mund: „Schnell, Lilly, weg, da kommt die alte Babett!" flüsterte er, sie mit sich fortziehend; aber es war schon zu spät, denn eben war ein ganz altes, verhutzeltes Weiblein

44

aus dem Walde gehumpelt und blieb gerade vor Otto und
Lilly stehen. Es schaute die beiden Kinder aufmerksam an
und nickte dabei mit dem wackeligen Kopf; endlich sagte es
mit etwas krächzender Stimme: „Ja, ja, ich weiß schon, ihr
seid die Kinder vom Herrn Robert, und die annern da, die
sind vom Fräule Luische und vom Marieche."

„Und ich, Babett, wer bin denn ich?" fragte Tante Toni
lächelnd. „Kennen Sie mich noch?"

Die Alte richtete ihre kleinen, rot unterlaufenen, aber noch
scharfen Äuglein auf Tante Toni, da hellte sich auf einmal
ihr Gesicht auf und sie rief freudig erstaunt: „Ach, du lieber
Gott, des is ja des Toniche, des gute Fräule Toniche von's
Mehrings draußé aus dem große Garte! Ach, was hab ich
Ihne aber schon so lang nit mehr gesehn, und was sind Se
für e groß, schön Mädche geworde!"

„Sogar ein ziemlich altes Mädchen bin ich inzwischen
geworden", lachte Tante Toni. „Nun, wie geht's denn,
Babett?"

„Na, Toniche – ich will sage Fräule Toniche –, es geht halt
so, wie unser Herrgott will. Recht alt bin ich halt schon,
und ma werd e bißche däppelich, wenn mer so über achzig
Jahr auf seim Buckel mitschleppe muß. Aber e Hex bin ich
nit, – nein, Kinnercher, e böse Hex bin ich nit, und ich
möcht niemand etwas zuleid tun." Dabei schaute sie wieder
auf Otto und Lilly hin, und dann fuhr sie halblaut, wie zu
sich selbst sprechend, fort: „Es war aber noch eins dabei",
und sie schaute von einem Kind zum andern, bis ihr Blick
auf Anna haften blieb, die sich halb hinter Tante Toni
versteckt hatte. Tante Toni und die Helmers-Kinder sahen
verwundert drein und konnten sich nicht denken, was die
Alte eigentlich wollte. Die aber fuhr, zu den Kindern
gewendet, fort:

„Ach, Kinnercher, ich hab' eure Eltern ja gekannt, wie se
noch ganz klein warn. Und der Robert, was war des für e
wilder, aber e guter Bub! Einmal, da is er in seiner Wildheit
so grad an mich angerannt, wie ich mit eme Bündel Reisig
daherkomme bin, so daß ich mitsamt meim Reisig in de

Chausseegrabe neingeborzelt bin. Erst hat er halt lache müsse über mein unfreiwillige Borzelbaum, dann hat aber doch gleich sei gut Herz die Oberhand kriegt, und er hat mer wieder naufgeholfe, und er hat mer auch all mei Reisig wieder schön zusammelese helfe, und zuletzt, weil er halt gar nix anners bei sich gehabt hat, wollt er mer sogar noch sei Klicker schenke! Hähähä!" – Die Alte schüttelte sich vor Lachen. „Ja, denkt euch, sei Klicker wollt er mer schenke, und weil ich die doch nit habe wollt, da hat er nachher seiner Mutter kei Ruh gelasse, bis se mer en Rock und e warm Halstuch geschenkt hat. Ja, Kinnercher, so e gut Herz hat er gehabt, der Robert – ja, Gott hab' ihn selig!"

„Aber der Robert lebt ja noch!" rief Tante Toni.

„Ach ja – richtig! Es is ja sei schön jung Frauche die, wo gestorbe is! Ja, ja, däppelich, e bißche däppelich werd mer halt, wenn mer so alt is. Aber bös bin ich nit, und wenn mer mich e alte Hex schimpft, dann tut mer des halt doch gar zu leid."

Da trat Anna mit sehr rotem Kopf, aber rasch und entschlossen hinter Tante Toni hervor, und der alten Babett die Hand bietend sagte sie: „Verzeih, Babett, es war recht garstig von mir neulich, und ich verspreche dir's, ich werd's nie mehr tun."

„Ach Gott, du bist halt e Liebes und e Braves!" rief Babett gerührt aus. „Ich hab' mir ja schon gleich gedacht, daß ihr's nit so bös gemeint habt; aber es tut einem halt doch weh." Sie schaute nun auf Otto und Lilly, die hatten aber die Gesichter abgewendet und blieben stumm. Die alte Babett nickte noch ein paarmal mit dem wackeligen Kopf, endlich sagte sie zu den beiden: „Ich will recht für euer tot Mutterche bete." Dann sich zu den andern wendend: „Na also, nix für ungut, Kinnercher, und grüß Ihne Gott, Fräule Toniche. Ich bin aber doch so froh, daß ich Ihne noch emol gesehn hab'. Grüß Gott, du allerbrävstes du!" Die letzten Worte waren an Anna gerichtet, und nun humpelte die Alte, auf ihren Stock gestützt, ihres Weges weiter.

„Ich hätte wirklich nicht gedacht, daß die alte Babett noch

lebt!" rief Tante Toni aus, während sie im Weitergehen sich nochmals nach dem alten Weiblein umdrehte. „Aber wo mag sie nur herkommen, so weit von der Stadt?"

„Sie kommt gewiß wieder vom Wunderkreuz", meinte Mariechen; „da pilgert sie hin, so oft es ihre alten Beine erlauben."

„So ganz allein! Und wenn sie nun einmal nicht mehr heim könnte?"

„Wenn sie zu lang ausbleibt, dann kommt ihr der Christian entgegen."

„Wie, der Christian, unser früherer Gärtner?"

„Ja, Tante Toni, der wohnt ja bei seiner verheirateten Tochter, und die alte Babett hat ein Zimmerchen im selben Hause. Wenn nun die Babett zum Wunderkreuz wallfahrtet, wie sie es nennt, dann geht ihr später Christian entgegen, und er führt sie nach Haus, und du kannst dir gar nicht denken, wie drollig das ist, wenn die beiden zusammen heimhumpeln; denn der Christian kann nicht viel besser gehen als die Babett, wegen seinem Schematismus."

„Schematismus?"

„Ach, Tante, so nennt er sein Gliederreißen; er meint halt Rheumatismus."

„Aber das Allerkomischste ist doch, wenn sie sich unterwegs recht zanken", mischte sich Kurt ein.

„Wie, sie zanken sich?"

„Ja, und da der Christian ein bißchen taub ist, schreit die Babett ihm ins Ohr, und der Christian spricht auch sehr laut, so daß man sie schon von weitem hört."

„Aber weshalb streiten sie denn? Ich meine doch, wenn der Christian ihr entgegengeht, um sie nach Hause zu führen, so ist das ein Zeichen, daß sie gut zusammen stehen – sie sind ja nicht einmal verwandt miteinander."

„Sie zanken sich ja eigentlich auch nicht im Ernst – aber die Babett will zum Beispiel immer den inneren Weg gehen, sie behauptet, hier draußen sei es zu windig; der Christian dagegen will draußen gehen, denn ihm ist es im Wald zu dumpf. Neulich sind wir mal mit Papa hinter ihnen hergegangen, da haben sie sich wieder um den Weg gezankt, bis dann endlich der Christian nachgegeben hat, und sie sind in den Wald eingebogen – er hat aber doch gebrummt: ‚Ich bin nur froh, daß du nicht meine Frau bist, Babett!' Da ist die Babett aber bös geworden und hat geschrien: ‚Was denkst du denn von mir, du? Wenn ich deine Frau wär', dann wären wir natürlich draußen gegangen.' Da ist aber der Christian ganz verblüfft stehengeblieben und hat gefragt: ‚Du, Babett, was haste gesagt? M e i n e n Weg wärst du mit mir gegangen, wenn du meine Frau wärst?' Und die Babett hat ganz stolz geantwortet: ‚Natürlich; meinst du denn, ich wüßt' nicht, wie es sich zwischen Mann und Frau gehört? Ich kenn' doch meinen Katechismus!' Der Christian hat sich hinter den Ohren gekratzt und hat sehr nachdenklich ausgesehen; endlich hat er ihr ins Ohr gerufen: ‚Ja, Babett, du hast schon recht; eigentlich gehört es sich auch so zwischen Mann und Frau – aber in Wirklichkeit ist es nicht immer so.' Und dann schrie die Babett ihm wieder ins Ohr: ‚Schrei doch nicht so, Christian; i c h bin doch nicht taub, sondern nur du!' Da wollte der Christian widersprechen, aber die Babett ließ ihn gar nicht zu Wort kommen, sondern sie schrie weiter: ‚Bei dir war's freilich nicht so; grad umgekehrt war's bei dir: du hast erst deiner Frau gehorcht, und jetzt folgst du deiner Tochter.' Jetzt hat aber der Christian angefangen zu lachen, und er hat ausgerufen: ‚Und noch jemand, ja, da ist noch jemand, dem ich gehorchen muß.' Die Babett hat angefangen zu raten: ‚Deiner Tochter ihrem Mann?' Da hat der Christian noch ärger gelacht: ‚Nein, der gehorcht selber seiner Frau.' Die Babett hat ganz verwundert gefragt: ‚Ja, wem denn sonst noch?' Da ist der Christian wieder stehengeblieben und hat gerufen: ‚Ei, dir, Babett, dir muß ich doch auch gehorchen!' Da haben sie dann beide gelacht und sind ganz vergnügt zusammen weitergehinkt."

Tante Toni und alle Kinder lachten auch herzlich über Kurts

Erzählung.

Nachdem man nun noch eine halbe Stunde tüchtig marschiert war, kam man endlich oben am Tempelchen an.

„Aber da ist ja gar kein Tempelchen mehr!" rief Tante Toni ganz enttäuscht.

„Ja, das fing an zu zerbröckeln, da hat man es einfach abgebrochen."

„Die Aussicht ist ja auch zugewachsen!"

„Ja, aber komm, ich führe dich hier ganz in der Nähe auf einen Felsblock, von dem aus hat man einen wirklich schönen Blick."

Und Paul führte Tante Toni an die bezeichnete Stelle. Als sie zu den andern zurückkamen, sagte Philipp: „Ich meine, wir könnten uns jetzt dort ins Gras lagern und etwas essen."

„Was nicht gar!" rief Tante Toni lachend. „Zum Essen ist es doch noch zu früh. Ich schlage vor, es wird erst eine Stunde gespielt, dann gefüttert und hernach weitergespielt, bis es Zeit ist heimzugehen. Ist es euch so recht?"

Alle erklärten sich einverstanden, und es wurde beschlossen, zuerst „Räuber und Gendarm" zu spielen.

„Aber die kleine Toni kann nicht mitspielen", erklärte Otto, „sie kann nicht gut laufen, und sie würde uns das ganze Spiel verderben."

Toni schaute mit einem flehenden Blicke zu ihrer Patin auf, und schon rannen ein paar Tränen über ihre Bäckchen, da faßte Lilly sie an der Hand und sagte: „Doch, Otto, laß sie nur mitspielen; sie ist das gestohlene Kind, welches die Räuber versteckt haben und welches die Gendarmen suchen müssen. Komm, Toni, ich verstecke dich!" Und sie sprang mit der schnell getrösteten Toni fort. Die andern folgten ihr, nur Mariechen blieb bei der Tante zurück.

„Wie, Mariechen, spielst du nicht mit?"

„Ach nein, Tante, das Spiel ist mir ein bißchen zu wild, und man verdirbt sich die Kleider dabei."

Tante Toni lächelte.

„Allerdings, Mariechen, es wäre schade um dein hübsches Kleid; du hast dich für die Gelegenheit ein bißchen zu fein gemacht."

Mariechen errötete und nestelte verlegen an ihrem Arbeitstäschchen herum. Auch Tante Toni hatte eine Handarbeit mitgebracht, und die beiden ließen sich eben auf einer aus rohen Baumstämmen gezimmerten Bank nieder, als Philipp noch einmal zurückkam, um ihnen anzuempfehlen: „Gebt gut auf die Rucksäcke acht!"

Tante Toni und Mariechen versprachen es beide lachend. Nach einiger Zeit sagte letztere etwas ängstlich: „Wenn es nur ohne Streit abgeht!"

Tante Toni meinte: „Wenn so viele Kinder von verschiedenem Alter und von so verschiedenen Charakteren beieinander sind, gibt es gar leicht kleine Zänkereien; man darf diese nicht zu schwer nehmen, und man muß vor allem sorgen, daß sie nicht ausarten. Übrigens habe ich mich eben recht über Lilly gefreut, weil sie sich so nett der kleinen Toni angenommen hat."

„Mit Tonichen ist Lilly überhaupt fast immer lieb und nett, und wenn sie es zuweilen durch Neckereien zum Zorn gebracht hat, dann tut es ihr hernach immer sehr leid."

„O, das freut mich!" rief Tante Toni aus. „Ja, das freut mich sehr. Ich kann dir nicht sagen, wie weh es mir tut, daß ich bisher noch gar keinen liebenswürdigen Zug in Lillys Charakter finden konnte. Du hast mir neulich auch gesagt, daß Otto und Lilly sehr an ihrem Vater hängen."

„Ja, Tante; ich habe bei Lilly schon manchmal etwas erreicht mit der Vorstellung: es würde deinen Vater freuen, oder: es würde ihm leid tun."

„Glaubst du zum Beispiel, daß Lilly imstande wäre, ihrem Vater zuliebe ein wirkliches Opfer zu bringen?"

Mariechen dachte ein wenig nach, dann sagte sie bestimmt: „Ich glaube, ja, Tante!"

„O, das ist gut, das ist viel wert!" rief die Tante aus und sah sinnend vor sich hin.

Nach einiger Zeit kam klein Toni allein zurück. „Willst du nicht mehr mitspielen, mein Kleines? Bist du schon müde?" fragte Tante Toni.

Die Kleine nickte und erzählte: „Die Gendarmen haben unser Versteck gefunden, und da mußten wir schnell fortlaufen; weil ich aber nicht so fest laufen kann, da hätten sie die Lilly beinah gefangen, und da hat sie mich schnell losgelassen und gesagt, ich sollte mich jetzt ein bißchen zu dir setzen, Tante."

Die Tante zog Tonichen zu sich auf die Bank, hüllte das Kind in ihr warmes, weiches Umschlagtuch und sagte liebevoll: „So, damit du dich nicht erkältest, denn du bist erhitzt vom Laufen; nun ruhe dich aus."

Die Kleine lächelte, und ihr Köpfchen an die Schulter der Tante lehnend bat sie: „Bitte, bitte, liebe Tante, erzähle mir doch noch einmal die Geschichte von dem guten Kinde, welches allein mit dem armen Jesusknaben gespielt hat, weil die andern Kinder nicht wollten, und wie dann die Engelchen vom Himmel gekommen sind und ihnen Sternblümchen und Sternbällchen zum Spielen gebracht haben. O bitte, Tante, erzähle!"

Und die gute Tante erzählte, und weil sie gar so schön erzählen konnte, hörte nicht nur das kleine Tonichen aufmerksam zu, sondern auch das große Mariechen – bis auf einmal alle andern Kinder mit großem Lärm zurückkehrten.

„Die Gendarmen haben gewonnen!" rief Rudi mit strahlenden Augen. „Alle Räuber haben wir gefangen!"

„Ich habe mich zuletzt fangen lassen, weil es mir langweilig wurde, sonst hättet ihr mich nicht gekriegt."

Diese Behauptung Ottos wurde von allen andern mit schallendem Gelächter beantwortet, worüber dieser sich natürlich sehr ärgerte. Er stampfte mit dem Fuß und schrie: „Was habt ihr zu lachen? Es ist doch so!"

Und Lilly bekräftigte: „So ist es auch, er hat sich fangen lassen!"

Der Streit hätte wahrscheinlich noch länger gedauert, wenn Anna nicht eben mit theatralischer Miene ausgerufen hätte: „Aber Kinder, wie könnt ihr diesen edelmütigen Otto so verkennen! Begreift ihr denn nicht, daß er sich geopfert hat und sich fangen ließ, bloß damit wir endlich mal etwas zu essen bekommen? Es lebe Otto der Unüberwindliche, der Großmütige!"

„Er lebe hoch!" schrien alle, auf Annas Scherz eingehend; nur Otto selbst machte wieder ein wütendes Gesicht, und er schien große Lust zu haben, den Streit wieder anzufangen. Aber nun rief Tante Toni: „Ich hoffe, Otto, daß du einen Scherz verstehen kannst und dich nun zufriedengibst. Und nun, Kinder, lagert euch und ruht aus. Mariechen und ich, wir teilen den Proviant aus. Ihr seid sicher hungrig!"

„Und wie!" scholl es fast einstimmig zurück.

In unglaublich kurzer Zeit war der ganze Vorrat aufgezehrt, und Philipp, der eben das letzte Butterbrot empfangen hatte, rief aus: „Siehst du, Tante Toni, daß wir nicht zuviel mitgenommen hatten?"

„Nein, wirklich!" lachte diese. „Ihr habt euch aber auch tüchtig Bewegung gemacht, und hier draußen schmeckt es noch ganz besonders gut."

„So, nun können wir weiterspielen!" erklärte Anna aufspringend.

„Ach nein, jetzt wollen wir lieber etwas anderes spielen!"

„Aber was denn?"

Der eine schlug dies vor, der andere das, ohne Erfolg, bis
Tante Toni vorschlug: „Was meint ihr zu einem
Pfänderspiel?"

„Ja, ja, ein Pfänderspiel, und Tante Toni spielt mit!" riefen
die Kinder. Bald war das Spiel, unter Tante Tonis Leitung,
im Gang. Da gab es wieder viel zu lachen, besonders wenn
der Mitspieler, der ein Pfand geben sollte, verlegen in seinen
Taschen herumkramte und gar nichts Passendes finden
konnte, sondern manchmal recht drollige Sachen zum
Vorschein brachte. Mariechen zum Beispiel fand in ihrer
Tasche nichts als ein Taschentuch, einen Rosenkranz und
einen kleinen Spiegel; diesen letzteren reichte sie errötend als
Pfand hin, wobei sich Anna laut und anhaltend räusperte,
bis Mariechen etwas ärgerlich ausrief: „Gib dich zufrieden,
Anna, alle haben's gesehen und bemerkt!"

Als Kurt an die Reihe kam, fuhr er in alle seine Taschen,
suchte und suchte voll Hast – aber ohne Erfolg, bis er
schließlich doch einen kleinen Gegenstand hervorbrachte,
und zwar ein Schnurrbartbürstchen.

„Nun, du sorgst zeitig vor!" lachte Tante Toni; auch die
andern lachten, nur Philipp fragte mit dem ernsthaftesten
Gesicht der Welt: „Kurt, wann hast du dich denn zum
letztenmal rasieren lassen?"

Als dann an ihn selbst die Reihe kam, ein Pfand zu geben,
da fand er nichts als Brotkrumen, Obstkerne und einige
sonderbar geformte Eisenstückchen.

„Aha", höhnte Kurt, „das sind wohl die Bestandteile deiner
neuesten Erfindung!"

Lilly förderte ein Puppenhöschen zutage, welches sie aus
Versehen anstatt eines Taschentuches eingesteckt hatte, und
Anna überreichte mit einigem Widerstreben einen Kreisel,
bei dessen Anblick Paul ausrief: „Der gehört ja überhaupt
mir!"

„Ach, du spielst ja doch nie damit, du hast ihn einfach verloren und ich hab' ihn gefunden; jetzt kannst du ihn mir auch lassen."

„So, so, verloren hab' ich ihn? Ich möcht' nur wissen, wo; wahrscheinlich in meiner Schublade oder in einer meiner Taschen, da gehst du ja doch immer suchen, wenn du etwas finden möchtest. Ja, Fräulein Änne, deine Manier, dir allerhand zusammenzufinden, die kenn' ich schon. Nächstens komme ich einmal bei dir wiederfinden."

„O je, Kurt, da wirst du nicht viel kriegen! Du weißt doch, daß die Änne immer gleich wieder alles herschenkt, was sie hat."

„Ach, geh' doch, Rudi!" wehrte Anna ab.

„Ja, es ist aber so! Neulich hast du mir doch meinen Ball abgebettelt – und am andern Tag spielten die ungezogenen Franks-Kinder damit auf der Straße."

„Ach, die sind gar nicht so arg ungezogen", rief Anna eifrig; „sie sind nur so schrecklich arm, und haben gar nichts zum Spielen, und sie sahen so sehnsüchtig nach dem Ball, als ich vorbeikam, da hab' ich ihn ihnen halt gegeben."

„Na ja, es ist mir ja auch recht", sagte Rudi; währenddessen flüsterte klein Toni ihrer Schwester Anna ins Ohr: „Du, wenn wir heimkommen, da geb' ich dir eins von meinen Bilderbüchern für die Franks-Kinder, und – ja was denn noch ...!"

„Ein Püppchen?"

„Ach nein, Änne, die Franks sind so wild und so schmutzig, sie würden zu grob mit dem armen Püppchen umgehen, das täte mir zu leid."

„Dummes, das Püppchen fühlt's ja nicht!"

„Ach ja, ich kann's aber doch nicht sehen. Und weißt du, wie ich neulich abends in meinem Bettchen geweint hab' und wie du mich gefragt hast, warum ich weine, wie ich dir's dann aber nicht sagen wollte, da hab' ich nur geweint, weil mir auf einmal eingefallen ist, daß ich mein Gretelchen im Nähzimmer liegengelassen habe, und weil ich nun gedacht habe, das arme Püppchen liegt nun ganz allein und verlassen im dunkeln Nähzimmer, es hat kalt und ist traurig, weil ich es nicht ins Bettchen gelegt und ihm nicht ‚Gute Nacht‘ gesagt hab'."

Inzwischen hatten die andern weitergespielt, und Toni sah ganz verdutzt aus, als Otto sie anrief: „Holla, Toni, du hast nicht aufgepaßt, schnell ein Pfand her!" –

Nicht minder groß war das Vergnügen der Kinder beim Auslösen der Pfänder; besonders Anna zeichnete sich wieder aus durch ihre tollen Einfälle, als sie, um ihren Kreisel wieder zu erhalten, einen Blick in die Zukunft tun mußte. Man verband ihr die Augen, und so oft Tante Toni fragte, was sie diesem und jenem prophezeie, und dabei einen der Mitspielenden bezeichnete, mußte sie irgend etwas sagen, natürlich ohne selbst zu wissen, wem es galt.

„Ich glaube, du hast gespitzt", klagte Mariechen, als sie prophezeit bekam, daß sie mal Generaloberin aller bestehenden und nichtbestehenden Orden und Klöster werden sollte. Als Anna dann aber den Philipp zu einer Urgroßmutter machte und Lilly zum Erzbischof ernannte, da glaubte man ihr, daß sie nicht hinter dem Tuch hervorgeschaut hatte. Otto ärgerte sich wieder sehr, als ihm verkündet wurde, er müsse einmal als Orgeldreher die Welt durchwandern; als aber Tante Toni das Amt eines Kasperltheaterdirektors und Paul das Los einer emanzipierten alten Jungfer in Aussicht gestellt wurde, da stimmte er doch in die Heiterkeit der übrigen ein. Zuletzt deutete die Tante auf klein Toni, und als Anna verkündete: „Das wird einmal eine entsetzlich böse Schwiegermutter", da machte die Kleine ein ganz trübseliges Gesichtchen und sagte: „Aber nein, das möchte ich nicht werden." Während alle lachten, riß Anna sich das Tuch vom Gesicht und rief aus: „So, du bist also auch nicht zufrieden mit meinen Prophezeiungen? Was hätte ich dir denn sagen sollen?"

„Ich möchte gern ein Engelchen werden", sagte klein Toni

errötend.

„Oh – oh, hört doch! Die Toni will ein Engelchen werden – wie bescheiden! Nein, so etwas!" riefen die Kinder lachend. Otto schrie dazwischen: „Doch wohl ein Engelchen mit einem B davor!"

Und nun tönte es von allen Seiten und in allen Tonarten: „Engelchen, Bengelchen! Engelchen, Bengelchen – Zornebengelchen!"

Aber klein Toni wurde nicht zornig, – nein, sie wurde wohl abwechselnd rot und blaß, und sie zitterte vor Anstrengung, den aufsteigenden Zorn zu bemeistern. Sich fest an die Tante schmiegend flüsterte sie: „Ich will nicht zornig werden, – nein, ich will nicht!"

„Recht so, mein Herzchen, meine tapfere, kleine Freundin!" ermutigte die Tante.

Mariechen hatte sich inzwischen bemüht, die übermütige Bande zum Schweigen zu bringen, und das Spiel nahm nun seinen Fortgang, bis Tante Toni das Zeichen zum Aufbruch gab.

„Aber es sind noch zwei Pfänder auszulösen!" rief Otto aus, allein die Tante bestimmte, dieselben müßten einfach zurückgegeben werden, und sie fügte hinzu:

„So, Kinder, nun geht es in wohlgeordnetem Zug heimwärts, und es wird dabei gesungen und im Schritt marschiert, damit wir rascher vom Fleck kommen; denn es ist schon etwas spät geworden. Also, Anna und Rudi, ihr führt den Zug an, die Zwillinge nehmen den Philipp in ihre Mitte, dann folgen Mariechen und Toni, und Otto und Lilly bilden mit mir die Nachhut."

Dann stimmte die Tante an: „Wer will unter die Soldaten, der muß haben ein Gewehr", und der Zug setzte sich in Bewegung.

Aber Tante Toni blieb mit Otto und Lilly ein wenig zurück,

und als die andern außer Hörweite waren, sagte sie:

„Nun, meine lieben Kinder, erklärt mir doch einmal, was habt ihr denn mit der alten Babett gehabt?"

Die beiden Kinder schwiegen und ließen die Köpfe hängen. Die Tante fuhr fort: „Ich hätte ja Babett selbst fragen können, aber ich wollte es lieber von euch hören."

Endlich entschloß sich Otto zu reden, und er sagte wegwerfend: „Ach, Tante, es ist ja gar nichts so Besonderes, und es ist eigentlich gar nicht der Rede wert. Die Babett ist halt so alt und so häßlich, und sie wird oft ,die alte Hex' genannt, und wir, die Anna, die Lilly und ich, sind einmal dazugekommen, wie ein paar Kinder auf der Straße ihr nachgerufen haben: ,Alte Hex, böse, alte Hex!' Nun, und da haben wir halt ein bißchen mitgeschrien – das ist alles."

„O Otto, wie du das sagst!"

„Nun, das ist doch nicht so schlimm und nicht der Mühe wert, so viel Aufhebens davon zu machen!"

„Es tut mir leid, Otto, daß du die Sache so leicht nimmst, besonders da du doch vorhin gesehen hast, wie nahe es der guten Alten gegangen ist. Von eurer frühesten Kindheit an habt ihr gelernt, daß man das Alter ehren soll. Ist nun aber, wie hier bei Babett, das Alter von Gebrechen und Armut begleitet, so ist es doppelt ehrwürdig. Warum habt ihr nicht wenigstens vorhin der Alten ein gutes Wort gesagt wie Anna? Ihr habt doch gesehen, welche Freude ihr das gemacht hat."

„Aber, Tante, das ist doch unmöglich! Die Anna hat ja gar kein Ehrgefühl, daß sie so eine alte Bettlerin um Verzeihung bittet; wir können uns doch nicht so erniedrigen!"

„Du scheinst mir von Ehrgefühl und Erniedrigung einen sonderbaren Begriff zu haben, mein Junge. Damals, als ihr mit den Gassenkindern die Alte verhöhntet, da habt ihr euch erniedrigt, da habt ihr kein Ehrgefühl gehabt. Anna dagegen hat vorhin Mut und Hochherzigkeit gezeigt, und ich versichere euch, sie ist seitdem in meiner Achtung sehr gestiegen. Ich hielt sie bisher nur für einen lustigen kleinen Taugenichts, jetzt weiß ich aber, daß sie Charakter hat, daß sie ein offenes, mutiges und gutes Kind ist."

Otto und Lilly sahen sehr erstaunt und etwas beschämt drein. Endlich fragte Lilly leise:

„Tante Toni, hast du uns jetzt nicht mehr lieb?"

„Gewiß hab' ich euch noch lieb!" rief die Tante warm, und sie zog die beiden Kinder näher zu sich heran. „Gerade weil ich euch so lieb habe, tut es mir weh, wenn ihr nicht seid, wie ihr sein solltet; gerade weil ich euch so lieb habe, möchte ich, daß ihr gute, brave, eures Vaters würdige Kinder werdet! Ihr habt ja beide euern Vater sehr lieb, nicht wahr?"

„O, und wie lieb!" Die Kinder riefen es aus mit leuchtenden Augen.

„Und wenn er bei euch ist, dann nehmt ihr euch zusammen, dann könnt ihr musterhaft brav sein. Glaubt ihr nicht, daß es ihn sehr kränken würde, wenn er jemals erführe, daß ihr ganz anders seid, sobald er nicht dabei ist? Daß er es bisher noch nicht erfahren hat, das verdankt ihr nur der Güte und Nachsicht eurer Tanten, der Großmut eurer Vettern und Cousinen; aber immer kann es ihm nicht verborgen bleiben. Glaubt mir das nur, Kinder, früher oder später wird er einmal klar sehen, und es wird ihm furchtbar hart sein, wenn er erfahren muß, daß ihr nicht die offenen, wahren, gutherzigen und edelmütigen Kinder seid, für die er euch hält. Davor möchte ich ihn und euch bewahren. Übrigens, lieber Otto, du wirst ja nun bald zur ersten heiligen Kommunion gehen; ich hoffe, du nimmst es recht ernst mit deiner Vorbereitung, und wenn du willst, dann darfst du, so oft du Zeit hast, zu mir kommen. Ich möchte dir so gerne helfen, dich auf diesen großen Tag vorzubereiten."

„O Tante, das wäre mir freilich recht, sehr recht!"

„Nun gut! Und jetzt wollen wir uns ein bißchen eilen, um

die andern einzuholen. Tonichen scheint müde zu sein, sie läßt sich arg von Mariechen ziehen."

Die andern waren bald eingeholt. Die ermüdete kleine Toni wurde erst von der Tante und Mariechen, dann von Kurt und Philipp „Hockehockestühlchen" getragen, bis sie ein bißchen ausgeruht war, und so kam man bald wieder in die Nähe der Klosterruine.

„Wir wollen den See entlang gehen", rief Rudi, „es sind eine Menge kleine Entchen drin und auch zwei junge Schwänchen." Und er lief voraus.

„Gib acht, Rudi", rief ihm Mariechen nach, „der große Schwan ist vielleicht draußen; er ist immer sehr wild, wenn junge Schwänchen dasind, und er ist überhaupt in der letzten Zeit sehr bös, weil einige Buben ihn necken und mit Steinen werfen."

„Ich werd' mich doch nicht vor einem Schwan fürchten!" sagte Rudi gekränkt, und er lief weiter, gerade auf den See zu. Tante Toni wollte ihn eben besorgt zurückrufen, da kam er auch schon mit großem Zetergeschrei gelaufen, der Schwan, wild mit den Flügeln schlagend, hinter ihm drein. Es war ein großer, starker Schwan, und er sah so bösartig aus, daß alle Kinder heftig erschraken. Auch Tante Toni erschrak, aber sie faßte ihren Sonnenschirm, und beherzt auf das erboste Tier zugehend, hielt sie ihm denselben entgegen und machte ihn plötzlich mit einem Ruck auf. Der Schwan stutzte, machte kehrt und beeilte sich, wieder in sein Element, ins Wasser, zu kommen. Die Kinder hatten rasch die ausgestandene Angst vergessen, und sie brachen nun in ein herzliches Gelächter über diesen raschen und drolligen Rückzug des Schwans aus.

„Es sah zu komisch aus, Tante, wie du den Schirm dem Schwan grad ins Gesicht aufgemacht hast; so etwas war ihm noch nie passiert, das konnte man ihm ansehen!" Und Anna lachte, daß ihr die Tränen über die Backen liefen.

„Und Mut hast du, Tante Toni, das muß ich sagen", gestand Paul bewundernd.

„Und schlau hast du's gemacht. Mir wäre das mit dem Schirm nicht eingefallen", pflichtete Kurt bei.

Nur Rudi sagte nichts, er schlich etwas beschämt hinter den andern her; aber am Abend nach der Heimkehr, da küßte er der Tante zärtlich die Hand. Und als Anna ihm nachrief: „Gute Nacht, Schwanenritter!" da wurde er sehr rot, aber er sagte nichts.

Fünftes Kapitel.

Minnichen wird geimpft.

Tante Toni saß oben im Kinderzimmer. Klein Minnichen
kletterte auf ihren Knien herum und trieb allerhand
Schabernack; es zog sie an den Haaren, zupfte sie am
Ohrläppchen, und wenn Tante Toni „Au!" oder „O weh!"
rief, dann streichelte es ihr die Wangen und machte: „Ei, ei,
Ta Dedi."

Leo, der daneben mit großem Ernst ein Bilderbuch
betrachtete, erhob mißbilligend den Kopf und sagte: „Das
Minnichen ist wirklich ein bißchen eigensinnig, es will
durchaus nicht ‚Tante Toni' sagen; es könnt's doch ganz
gut, wenn es nur wollte; denn es hat schon viel schwerere
Wörter fertiggebracht. Komm, Minnichen, sei mal recht
brav, sage schön: ‚Tan–te To–ni'; ich schenk' dir auch was!"

„Senk was!" machte Minnichen, und es hielt dem
Brüderchen habgierig das Händchen entgegen.

„Ja, du wärst mir gescheit! Erst mußt du ‚Tan–te To–ni'
sagen."

„Truwelpeter!" schrie die Kleine, und sie lachte
herausfordernd und klatschte in ihre kleinen, dicken
Patschhändchen.

Leo sah sein Schwesterchen voll Bewunderung an; dann
sagte er: „Du, Tante, ich glaub' gar, es will mich uzen; es ist
wirklich ein schlaues Ding, das Minnichen."

Man sah und hörte dem kleinen Burschen an, wie stolz er
auf sein Schwesterchen war, das er ein wenig als sein
besonderes Eigentum betrachtete. Er fühlte sich als dessen
Lehrer und Beschützer, er ließ sich viel von ihm gefallen
und behandelte es mit einer gewissen großmütigen

Nachsicht, die ihm allerliebst stand und die ihn für seine viereinhalb Jahre merkwürdig vernünftig erscheinen ließ.

Nachdem die Tante Minnichens Klugheit nach Gebühr bewundert hatte, wandte sie sich an klein Toni, die mit ihrer Puppe im Arm auf einem niederen Stühlchen danebensaß. Tonichen saß so still da und schaute so ernst und nachdenklich vor sich hin, daß die Tante besorgt fragte: „Was hast du denn, meine kleine Freundin, woran denkst du?"

„Ach, Tante", erwiderte das Kind nach einigem Zögern, „ich denke daran, daß du Otto gestern zu dir gerufen hast, um ihn auf die erste heilige Kommunion vorzubereiten. Ich wäre so gern auch dabeigewesen."

„O, deine Zeit wird auch kommen, Tonichen; habe nur noch ein bißchen Geduld!"

Toni versank wieder in Nachdenken; endlich hob sie das Köpfchen und fragte: „Tante, muß man dem Heiligen Vater nicht folgen, wenn er etwas sagt?"

„Aber selbstverständlich, Kind!"

„Er hat aber doch gesagt, die Kinder sollten schon mit sieben Jahren zur ersten heiligen Kommunion gehen; warum läßt man sie denn nicht?"

„Ja, Kindchen, der Heilige Vater hat unsern deutschen Bischöfen erlaubt, das Alter für die Erstkommunikanten auf zehn Jahre festzusetzen."

„Und in den andern Ländern, da dürfen die Kinder schon mit sieben Jahren gehen?"

„Wenigstens in vielen; ja ich glaube in den meisten."

„Warum denn nur gerade wir deutschen Kinder nicht? – Aber sag' mal, Tante Toni, wenn ich jetzt sehr krank würde, so krank, daß ich sterben müßte, dürfte der Priester mir dann die heilige Kommunion bringen?"

„O, das glaube ich – ganz bestimmt!"

„Willst du mir dann versprechen, Tante Toni, daß ich den lieben Heiland bekomme, wenn ich sehr krank werde?"

„Aber, Toni, mein Herzchen, wie kommst du denn auf diesen Gedanken? Du fühlst dich doch nicht unwohl?"

„Versprich, bitte, Tante, versprich!" flehte das Kind so eindringlich, daß die Tante nicht anders konnte als antworten:

„Ich versprech' dir's, Kind; von Herzen gern will ich in einem solchen Fall alles tun, was ich kann, um deinen Wunsch zu erfüllen!"

Leo hatte diesem Gespräch mit Interesse zugehört. „Sag' mal, Tante", mischte er sich nun ein, „wenn die Toni stirbt, ist sie dann doch noch unsere Schwester?"

„Aber gewiß!"

„Und wenn wir alle einmal tot und im Himmel sind, bist du dann doch noch unsere Tante, und sagen wir dann auch noch zu unsern Eltern ‚Papa' und ‚Mama'?"

„Aber Leo", belehrte Toni ihr Brüderchen, „dann sagt man doch: ‚Heiliger Papa' und ‚Heilige Mama'!"

„Aha, ja natürlich", nickte Leo befriedigt. Tante Toni lächelte, und die beiden samt Minnichen fest an sich drückend sagte sie nur: „Meine lieben, lieben Kinderchen!"

In diesem Augenblick stürzte Gretchen, das Kindermädchen, mit schreckensbleichem Gesicht ins Zimmer und rief aus: „Ach, Fräulein Mehring, denken Sie doch nur – eben ist der Herr Doktor gekommen – unser Kleines soll geimpft werden!"

„Da ist doch nichts dabei, Gretchen; darüber brauchen Sie doch nicht zu erschrecken. Aber ich meinte, das Kind sei schon längst geimpft?"

„Es ist auch schon mal geimpft worden, aber es hat nicht angeschlagen. Ach, Fräulein Mehring, ich kann's nicht mit ansehen; ich werd' ohnmächtig, wenn ich's Minnichen bluten sehe!"

„Bluten! – Was soll denn dem Minnichen geschehen?" rief Leo ganz erschreckt, während er sich wie schützend vor sein Schwesterchen stellte.

„Da sehen Sie, Gretchen, wie Sie die Kinder erschrecken", tadelte Tante Toni das Mädchen. „Gehen Sie nur schnell aus dem Zimmer und nehmen Sie Toni und Leo mit. Ich halte die Kleine beim Impfen."

„Nein, nein, laß mich hier, ich will bei meinem Minnichen bleiben!" wehrte sich Leo, als Gretchen ihn mit fortnehmen wollte. „Bitte, Tante Toni, laß mich beim armen Minnichen!"

„Aber es geschieht ja deinem Minnichen gar nichts Schlimmes, Kind! Das Impfen tut ja gar nicht weh, es ist kaum wie ein Mückenstich."

„O bitte, bitte, laß mich doch hier!"

„Mich auch, bitte, liebe Tante!"

„Nun ja, wenn ihr versprecht, euch ganz still zu verhalten, dann dürft ihr hierbleiben."

Minnichen hatte inzwischen verwundert und etwas ängstlich von einem zum andern gesehen; sie hatte wohl begriffen, daß man etwas mit ihr vorhabe, konnte sich aber nicht denken, was. Als nun aber die Türe aufging und die Mutter gefolgt vom Hausarzt eintrat, da hellte sich ihr Gesichtchen auf, und sie schrie: „Dag, Dokedok! Sung raus?" Und ohne erst die Antwort abzuwarten, riß sie das Mäulchen auf und streckte ihr rosiges Züngelchen heraus, soweit sie nur konnte.

„Na, das ist aber mal ein braves Kind!" rief der Doktor lachend. „Und solch ein schönes, rotes Zünglein hat's. Nein, krank sind wir nicht, Fräulein Minnichen, nicht wahr?"

„Doch, doch, Minnisen tank is – wehweh hier – wehweh da", versicherte die Kleine ernsthaft, während sie an Ärmchen und Beinchen suchte, ob sie nicht irgendein rotes Fleckchen fände; als sie aber keines entdecken konnte, drückte sie die Hände aufs Brüstchen und klagte mit wehleidigem Gesichtchen: „Minnisen weh Bäuselsen."

„Nun, da wollen wir mal das kranke Bäuchelchen untersuchen", sagte der Doktor. Er machte der Tante ein Zeichen, und diese begann die Kleine auszukleiden, bis die dicken, nackten Ärmchen herauskamen.

„Hat Minnichen da auch Weh?" fragte Tante Toni, aufs Ärmchen deutend.

„Ja, ja", nickte das Kind eifrig. „Dokedok sund mach, Lästersen dauftun."

„So, so, ein Pflästerchen möchtest du für dies nette, runde Speckärmchen haben? Na, komm, laß einmal sehen."

Wie aber der Doktor das Ärmchen fassen wollte, zog Minnichen es rasch zurück und schrie lachend: „Kitzekitz!"

„Es meint, du wolltest's kitzeln", erklärte Leo dem erstaunten Doktor. Dieser lachte, und diesmal mit festem Griff das Ärmchen fassend, sagte er:

„Nein, kitzeln, das tut der Onkel Doktor nicht. Aber nun paß einmal gut auf – drei nette Pünktchen mach' ich dir da oben hin, drei wirklich nette Pünktchen. Kannst du schon zählen? Also eins, zwei, drei ...!"

Minnichen hielt ganz still und schaute mit großer Aufmerksamkeit dem Doktor zu. Als er fertig war, hielt es ihm das andere Ärmchen auch hin und sagte: „Noch pickpick."

„Nein, aber so was!" rief der Doktor verwundert. „Das muß ich sagen, ich hab' doch schon viele Kinder geimpft, es haben auch viele davon recht schön stillgehalten; aber bisher hat doch noch keines verlangt, noch mehr geimpft zu werden!"

Leos Augen leuchteten vor freudigem Stolz, als der Doktor
dies sagte, und er versicherte: „Ja, so eins wie mein
Minnichen gibt's überhaupt nicht mehr. Und, Onkel
Doktor, wenn du erst wüßtest, wie schlau es ist und was es
schon alles kann! Denke dir, neulich ..." Und während die
Mutter und Tante Toni die Kleine wieder ankleideten,
erzählte er dem Arzt die Heldentaten seines Schwesterchens.
Dieser hörte eine Zeitlang freundlich zu, endlich klopfte er
dem Bürschchen auf die Schulter und meinte schmunzelnd:
„Na, ein Wunder ist es ja nicht bei einem so tüchtigen
Lehrmeister. Übermorgen komme ich mal nachsehen, ob es
diesmal anschlagen wird. Aber jetzt möchte ich mir das
kleine, blasse Fräuleinchen hier ein bißchen näher besehen."
Damit zog er Tonichen zu sich heran und begann dieselbe
zu untersuchen, zu beklopfen und zu behorchen. Er machte
dabei ein ernstes Gesicht und schüttelte ein paarmal mit dem
Kopf, und erst als er bemerkte, wie Toni ihn mit ihren
ernsten blauen Augen gar forschend ansah, versuchte er ein
vergnügtes Gesicht zu machen und zu scherzen. Aber das
Kind ließ sich nicht täuschen, und sowie es gewahrte, daß
die Aufmerksamkeit seiner Mutter durch die kleinen
Geschwister in Anspruch genommen war, neigte es sich
rasch zum Arzt hin und fragte leise: „Werde ich bald
sterben, Onkel Doktor?"

Dieser fuhr erschrocken zurück. Dann zog er klein Toni auf
sein Knie, und sanft ihr Köpfchen streichelnd fragte er: „Wie
kommst du denn auf diesen Gedanken, du Kleines? Fühlst
du dich nicht wohl? Tut dir etwas weh – sag' mir's doch!"

Toni schüttelte das Köpfchen: „Nein, weh tut mir eigentlich
nichts. Ich bin nur immer so müd'."

„Ach geh' doch, vom Müdesein stirbt man doch nicht!"
sagte der Doktor lächelnd, und aufmunternd fügte er hinzu:
„Komm, Kindchen, schau nicht so ernst drein, das paßt ja
gar nicht für dein Alter. Du sollst vergnügt sein und
springen und lachen, so wie dein kleines Schwesterchen da.
Hör doch nur, wie es kräht, und schau, wie es zappelt, daß
man es kaum halten kann."

Dann stand der Doktor auf, und die Mutter ging wieder mit ihm hinunter. Als Tante Toni etwas später nachfolgte, da war der Doktor schon fort, aber Tante Toni merkte, daß ihre Schwester geweint hatte.

„Was gibt es denn, fehlt Tonichen etwas?" fragte sie besorgt. „Hat der Doktor etwas gefunden?"

„Nein, er hat nichts gefunden; Lunge, Herz, alles ist gesund, und doch ist unser guter alter Doktor nicht ohne ernste Besorgnisse; denn das Kind entwickelt sich nicht, im Gegenteil, es nimmt sichtlich ab."

In diesem Augenblick kam Lilly ins Zimmer gestürmt. „Tante Maria, darf ich heute bei dir zu Mittag essen?" rief sie. „Otto ist zu Tante Luise gegangen; denn Papa ist fort, und unser Fräulein hat so arges Kopfweh."

„Gewiß darfst du hier essen, Lilly. Wo ist Papa denn hin? Er hat gestern gar nicht davon gesprochen, daß er heute verreisen müsse."

„Er hat's gestern ja selbst noch nicht gewußt, und er kommt diesen Abend auch schon zurück."

„Willst du denn einstweilen in den Garten gehen? Du wirst wahrscheinlich Anna dort finden."

Lilly ging zur Türe, dort blieb sie aber zögernd stehen; sie blickte unschlüssig auf ihre beiden Tanten; man sah ihr an, sie hätte gerne noch etwas gesagt, sie getraute sich aber nicht recht.

Tante Toni sah ihre Nichte aufmerksam an; auch Frau Wulff bemerkte des Kindes Zögern. „Lilly, was hast du denn?" fragte sie in freundlichem, aufmunterndem Ton.

Jetzt ließ aber Lilly den Kopf auf die Brust sinken, und sie fing an zu weinen. Da nahm Tante Maria sie auf den Schoß, sie strich ihr die Haare aus dem Gesichte, trocknete ihr die Tränen, und dann sagte sie: „So, mein liebes Kind, nun erzähl uns, was dich drückt."

Aber Lilly weinte nur um so mehr – endlich stammelte sie: „Ach, der Papa – ich hab' solche Angst um den Papa!"

„Aber warum denn, Lilly? Er war doch schon öfter verreist, und du sagst ja selbst, daß er diesmal nur für einen Tag fort ist!"

„Ja, deshalb ist es auch nicht. Aber diesen Morgen ist ein Polizeidiener gekommen und hat dem Papa einen schrecklich großen Brief gebracht, und da war der Papa sehr aufgeregt, und er hat gesagt, er müsse gleich fort, um wichtige Papiere zu holen. Und Otto meint, dieser große Brief sei eine Vorladung vor Gericht, und er hat auch gehört, wie der Gärtner und der Milchmann zusammen geredet haben und wie sie gesagt haben, die bösen Leute wollten unsern Papa unschädlich machen; und, Tante, ,unschädlich machen', das heißt doch, sie wollen ihn tot machen – der Otto hat es in seiner ,Tigerjagd' gelesen; da steht es: wie der Tiger tot war, da freuten sich die Menschen, weil er nun endlich unschädlich gemacht war." Und Lilly brach von neuem in bittere Tränen aus.

Tante Maria aber streichelte ihr die Wangen, und sie wie ein kleines Kind in den Armen wiegend, sagte sie in beruhigendem Ton:

„Da sei du nur ganz ruhig, Lillchen, – das habt ihr beide nicht richtig verstanden; deinem lieben Vater kann und wird nichts geschehen. Alle guten und edeln Menschen haben Gegner – das ist nun einmal so auf der Welt –, und so gibt es auch böse Menschen, die deinen Vater verleumden; aber laß nur die Gerichtsverhandlung kommen, die brauchst du gar nicht zu fürchten; da werden alle Leute erfahren, was für ein guter Mensch dein Vater ist, und seine Verleumder werden bestraft werden."

Lilly hatte aufmerksam zugehört. „Ja? glaubst du, Tante Maria? Und dem Papa wird nichts geschehen?" Und das Kind atmete erleichtert auf. Dann sprang es hinaus in den Garten, um dort Anna und die Zwillinge aufzusuchen.

Sechstes Kapitel.

Tante Toni geht mit ihrer Bande auf den Wetterstein. Otto spielt einen schlimmen Streich.

Es war wieder Sonntag und das herrlichste Wetter.

„Heute müssen wir aber einen schönen, großen Spaziergang machen", sagte Tante Toni auf dem Heimweg von der Kirche; „ich möchte so gerne mal wieder zum Wetterstein gehen – ist euch das nicht zu weit?"

„O nein, Tante, gewiß nicht! Und der Weg dahin ist so schön und man muß tüchtig klettern!"

Alle Kinder waren gleich Feuer und Flamme für den Spaziergang, und es wurde beratschlagt, um wieviel Uhr man aufbrechen und was man alles mitnehmen müsse.

„Aber für Tonichen wird es doch zu weit sein – diesmal wirst du wohl zu Hause bleiben müssen."

Klein Toni ließ betrübt das Köpfchen hängen, aber ihr Gesichtchen hellte sich gleich wieder auf, als ihre Mutter sagte:

„Tonichen bleibt heute bei mir, und wir werden uns schon gut zusammen unterhalten; nicht wahr, mein Kind?"

„Wirklich, Mama, darf ich den ganzen Nachmittag bei dir bleiben, und willst du mit mir spielen?" Und ihre Äuglein glänzten vor Freude.

„Gewiß, mein Herzchen, ich spiele mit dir, erzähle oder lese dir vor – was du am liebsten hast. Und wir geben dabei zusammen auf die zwei Kleinen acht; denn Gretchen ist heute nicht da, sie darf ihre Mutter besuchen."

„Der Rudi könnte eigentlich heute auch zu Hause bleiben, damit wir Großen doch mal unter uns sind!" Und Otto, welcher dies gesagt hatte, reckte sich in die Höhe, um möglichst viel größer zu erscheinen wie Rudi.

Die andern machten alle ärgerliche Gesichter. „Man meint wirklich, du hättest hier etwas zu befehlen", sagte Kurt. „Wenn der Rudi nicht mitgeht, dann bleib' ich auch daheim."

Und: „Ich auch!" „Ich auch!" riefen Paul und Philipp, Mariechen und Anna.

„Dann gehen wir beide mit Tante Toni allein!" Und triumphierend drängten sich Otto und Lilly an die Tante. Diese wehrte jedoch ab und sagte in ernstem Ton:

„So läßt Tante Toni doch nicht über sich verfügen. Rudi geht jedenfalls mit – er kann gewiß so gut marschieren wie Lilly und Anna, und ich sehe gar nicht ein, weshalb er zurückbleiben sollte. Wer sonst noch von euch mitgehen will, ist herzlich willkommen, aber ich zwinge niemand. Es steht dir also frei, Otto, mitzugehen oder zu Hause zu bleiben – wenn du dich aber zum Mitgehen entschließest, so bitte ich mir aus, daß du dich gut benimmst und keinen Streit anfängst."

Otto zuckte ärgerlich die Achseln und gab keine Antwort – aber gleich nach Tisch, zur festgesetzten Stunde, fand er sich sehr pünktlich mit Lilly ein, und er tat, als ob sich das ganz von selbst verstände und als ob am Morgen gar nichts vorgefallen wäre. Nur als Tante Toni ihn wie fragend ansah, da schaute er verlegen weg und machte sich an seinem Rucksack zu schaffen. Unterwegs sprach er mehrmals leise mit Lilly, und einmal hörte Mariechen, wie er sagte: „Aber daß du schweigst, Lilly, daß du mich nicht verrätst! Wenn du etwas sagst, dann sollst du sehen!" Worauf Lilly vorwurfsvoll antwortete: „Ich hab' dich doch noch nie

71

verraten!"

Auch auf diesem Wege fand Tante Toni häufig Gelegenheit, den Kindern allerhand kleine Ereignisse aus ihrer Kinderzeit zu erzählen. Als sie an einem kleinen Kapellchen, das am Fuße einer Anhöhe stand, vorbeikamen, blieb sie stehen und rief aus:

„O Kinder, hier wollen wir ein Marienlied singen – das haben wir auch früher stets getan, wenn wir hier vorbeikamen."

Sie stimmte an: „Salve Regina, Reinste aus allen." Die hellen Kinderstimmen fielen ein, und das klang so froh und so feierlich durch die Sonntagsstille. Auf der Landstraße drüben blieb ein Wanderer stehen, er nahm den Hut ab und horchte, und als der Gesang fertig war, da ging er sinnend, mit gesenktem Kopfe weiter. Im Kapellchen drinnen aber saß ein altes Mütterchen, das freute sich so, daß ihm die hellen Tränen über die runzeligen Backen liefen, und zum Schluß fiel es ein und sang mit zitterigem Stimmchen mit:

> „Hilf uns, Maria!
> Maria, hilf!"

Nun führte der Weg in den Wald, und er begann sehr zu steigen.

„Soll ich dich ein bißchen schieben, Tante Toni?" bot Rudi sich an. „Das kann ich sehr gut, gelt, Mieze? Ich hab' die Mieze schon öfter einen Berg hinaufgeschoben, wenn sie müd' war."

Tante Toni lachte: „Ich danke dir, lieber Rudi; ich bin aber wirklich noch gar nicht müde, und ich kann noch recht gut klettern. Du sollst dich auch nicht so anstrengen."

„O Tante Toni, das tut mir nichts – ich bin stark, sehr stark!"

„Prahlhans!"

„Das ist nicht geprahlt, Otto, und du weißt's recht gut, daß ich stark bin!"

„Doch lange nicht so stark wie der Otto", mischte sich nun Lilly ein, und sie warf Rudi einen herausfordernden Blick zu.

„Oho, Lilly!"

„Ja, und deinen großen Mut haben wir ja auch neulich bewundern können, Herr Schwanenritter!"

Rudi war bei dieser Bemerkung Ottos hochrot im Gesicht geworden, und er schrie: „Dich hätt' ich sehen wollen, wenn dich der Schwan angefallen hätte; du wärst überhaupt in Ohnmacht gefallen vor Angst, du Waschlappen du!"

„Das ist nicht wahr, und du bist ein ganz ungezogener, frecher Bub!"

Die beiden Knaben wären gewiß wieder aneinander geraten, wäre nicht Tante Toni rasch dazwischengetreten. Kurt sagte nun eindringlich: „Ich will auch mal was sagen: An jenem Tage haben wir uns alle eigentlich blamiert, und Tante Toni war die einzige, die Mut und Besonnenheit gezeigt hat."

„Hoch lebe Tante Toni, unser General!" schrie Anna, ihren Hut schwenkend, und in diesen Ruf stimmten die andern gerne ein; nur Otto machte ein verbissenes Gesicht, und er flüsterte Lilly zu: „Und ich werd's ihm doch noch eintränken!"

Im Weiterschreiten erklärte Tante Toni: „Die Körperstärke, liebe Kinder, ist ja eine sehr gute und schöne Sache, aber sie ist kein Verdienst; denn sie ist einem verliehen, man kann sie sich nicht selbst verschaffen, man kann höchstens die vorhandene entwickeln. Es gibt aber eine andere Stärke, die steht weit höher als die Körperstärke, und die kann jeder erlangen, wenn er nur ernstlich will; das ist die Charakterstärke, die Seelenstärke. Ob der Rudi den Otto im Wettkampfe besiegt oder der Otto den Rudi, ob der Paul den

Philipp unterkriegt oder umgekehrt der Philipp den Paul, das scheint euch von großer Wichtigkeit; mir dagegen beweist es nur, daß der eine kräftigere Muskeln hat als der andere, ich achte keinen dafür höher oder geringer. Aber den, der sich selbst besiegt, den, der seinen Zorn, seine Mißgunst, seine Selbstsucht und seine andern bösen Neigungen meistern kann, den achte ich wirklich hoch, der ist in Wahrheit groß und stark, und wenn er nach außen auch nur ein armer Krüppel wäre."

Die Kinder hatten aufmerksam zugehört, und alle gingen eine Zeitlang schweigend und nachdenklich weiter, bis endlich Anna ausrief: „So, nun wollen wir aber wieder lustig sein! Dürfen wir, Tante Toni?"

„Ihr sollt sogar!"

„O weh, Tante, was man soll, das kann man lange nicht so gut als das, was man nur darf!"

„Ein großes Wort sprichst du gelassen aus", deklamierte Kurt, dann fügte er hinzu: „Also los, Änne, mach' mal einen von deinen berühmten Witzen, damit es was zu lachen gibt!"

Anna legte die Stirne in Falten und versank in Nachdenken, so daß Rudi meinte: „Du siehst aus, als müßtest du eine sehr schwere Rechenaufgabe lösen."

Anna gestand in kläglichem Tone: „Es fällt mir wirklich gar nichts ein, so sehr ich mir auch den Kopf zerbreche. Das ist doch zu dumm: in der Schule, in der Kirche, wenn Besuch da ist, dann fällt mir immer allerhand ein, worüber ich lachen muß; aber wenn ich's gerad' möchte, dann weiß ich nichts und dann erinnere ich mich nicht einmal der drolligen Sachen, die mir früher eingefallen sind."

„Es ist auch schwer, so auf Kommando witzig zu sein", tröstete Tante Toni. „Übrigens scheint es mir geraten, jetzt eure ganze Aufmerksamkeit auf den Weg zu lenken; er wird sehr steil, und in diesem Geröll könnte man sehr leicht fallen. Rudi, Lilly, Otto, gebt recht acht, Kinder!"

„O Tante, mich brauchst du doch nicht zu den kleinen Kindern zu rechnen!" erwiderte Otto beleidigt. „Gib du nur auf den kleinen Rudi acht, ich werde schon für Lilly sorgen. Komm, Lilly, gib mir die Hand." Und die Hand seines Schwesterchens fassend, zog er dieses eilig mit den Berg hinauf.

„Nicht so rasch, Otto, ich rutsch' immer aus", klagte Lilly; „zieh mich doch nicht so fest!"

„Schweig doch still!" flüsterte Otto ihr zu. „Du kannst ja ordentlich klettern! Ich möchte der Tante Toni doch zeigen, daß ich kein kleines Kind mehr bin, und wir wollen zuerst oben sein."

Lilly schwieg nun auch gehorsam still und gab sich alle Mühe, mit ihrem Bruder Schritt zu halten, und die beiden waren den andern schon ein gutes Stück voraus. Tante Toni rief ihnen ängstlich zu: „Nicht so rasch, Otto und Lilly, ihr seid zu waghalsig!"

Aber Otto lachte nur statt aller Antwort, und die Hand seines Schwesterchens, welches eben beinah' gefallen wäre, fester fassend, sagte er leise und aufmunternd: „Jetzt noch einen tüchtigen Anlauf, und wir sind oben." Er nahm aber den Anlauf so stark und riß Lilly so heftig mit sich, daß beide, oben angekommen, zur Erde stürzten. Otto sprang schnell wieder auf und half auch Lilly in die Höhe. Er hatte nur arg zerschundene Hände und Knie, aber Lilly war mit dem Gesicht auf den steinigen Boden gefallen, sie hatte eine große Beule an der Stirne, und sie blutete stark aus der Nase. Die Tränen liefen ihr übers Gesicht; aber als Otto in sie drang: „So wein doch nicht, Lilly, sonst krieg' ich's ja!" da verbiß sie ihren Schmerz, und sie versicherte der besorgten Tante Toni, sie hätte sich gar nicht arg wehgetan. Aber das Nasenbluten dauerte fort, und da kein Wasser zur Hand war, mußte Lilly sich unter einen Baum platt auf den Rücken legen und Tante Toni drückte ihr zusammengelegtes Taschentuch sanft auf die Beule, die immer heftiger anschwoll. Mariechen bemühte sich unterdessen, Ottos zerschundenes Knie, so gut es ohne Wasser ging, zu reinigen und zu verbinden. Rudi, der dabeistand und zusah, konnte sich nicht enthalten, zu sagen: „Na, ein Glück, daß du diesmal die Schuld nicht auf mich wälzen kannst, sonst hätten wir ein schönes Konzert zu hören bekommen."

„Schweig!" herrschte Otto ihn an, und Rudi schwieg auch, aber nicht um Otto zu gehorchen, sondern weil Mariechen ihm einen bittenden Blick zugeworfen hatte.

In Otto aber kochte und gärte es. Er fühlte ganz genau, daß er im Unrecht war; er hatte dem Befehl der Tante, die zur Vorsicht mahnte, gerade entgegengehandelt, er hatte sich selbst und mehr noch seinem Schwesterchen empfindlich wehgetan, und aus dem geplanten Triumph war eine Niederlage geworden. Statt sich nun über sich selbst und über seine Unvorsichtigkeit zu ärgern, ärgerte er sich über die andern, ganz besonders aber über Rudi und Tante Toni, und diese letztere hatte ihm doch nicht einmal den wohlverdienten Verweis gegeben.

Erst nachdem Lilly eine halbe Stunde stillgelegen und sich ausgeruht hatte, erlaubte Tante Toni ihr, wieder aufzustehen, und nun konnte der Weg zum Wetterstein endlich fortgesetzt werden. Paul, Kurt und Philipp sahen Otto gerade nicht mit zärtlichen Blicken an, während sie über diese unwillkommene Verzögerung knurrten.

„Dieser Otto muß einem doch immer jedes Vergnügen verderben", brummte Kurt, und Anna pflichtete ihm bei, halb ärgerlich, halb lachend: „Ich glaube, der ist überhaupt nur auf der Welt, damit wir uns in der Geduld üben! Ich erkläre euch aber feierlich, daß m e i n e Geduld nun zu Ende ist, und wenn er uns jetzt noch etwas einbrockt, dann – ja dann spring' ich ihm auf den Rücken und schüttle ihn und rüttle ihn; seht, so ...!" Und Anna packte den ahnungslosen Philipp und schüttelte und riß ihn herum, so daß er kläglich schrie: „Bist du denn toll geworden, Änne? Die Flasche mit Himbeersaft in meinem Rucksack geht ja kaput!"

„Was, Himbeersaft hast du da drin? Warum hast du das nicht eher gesagt? Da muß ich halt nun meinen gerechten Zorn bezwingen, wenigstens bis ich geholfen habe, deinen Himbeersaft auszutrinken. Aber da sind wir ja schon! Ich grüße dich, edler, altehrwürdiger Wetterstein nebst Gemahlin, Kindern und Enkeln!" Und Anna verneigte sich ehrfurchtsvoll und tief vor dem großen, grauen und verwitterten Felsblock, der den Gipfel des Berges krönt. Rundherum waren aber noch mehrere Steinblöcke, große und kleine, und Anna begann sofort diese zu zählen.

„Warum zählst du denn die Steine?" fragte Mariechen.

„Ei, ich will doch sehen, ob die Familie des edlen Herrn von Wetterstein sich vermehrt hat, seitdem wir das letztemal hier waren!"

Philipp, der schon seinen Rucksack abgeschnallt hatte, sagte ungeduldig: „Komm, Anna, laß doch den Unsinn! Schau mal her, Tante Toni, da ist ein Stein, der ist gerade wie gemacht, um uns als Tisch zu dienen."

„Aber was fällt dir ein, Philipp!" rief Anna mit gutgespielter Entrüstung. „Dieser Stein ist ja gerade dem Herrn von Wetterstein seine Schwiegertochter; er wird es dir furchtbar übelnehmen, wenn du diese als Tisch benützen willst. Tante Toni, du stimmst mir doch sicher bei?"

Allein Tante Toni hörte nicht; sie stand mit Mariechen und Paul am Rand des Gipfels, und alle drei sahen ins wunderliebliche Maintal hinunter. Es war ein ungewöhnlich klarer Tag, und wie aus einem Baukasten aufgebaut sah man das Städtchen in der Ferne am Mainufer liegen.

„Ich seh' das schöne Schloß mit seinen vier Türmen", rief Mariechen; „auch den Turm der Stiftskirche seh' ich!"

„Wenn nicht diese dummen Bäume gerade im Weg wären, könnte ich unser Haus und den Garten sehen; aber diese ekligen Bäume gerade hier vor unserer Nase, wo man sich auch hinstellt, immer sind sie einem im Weg!"

Tante Toni lachte: „Geh', Paul, du wirst dich doch wohl nicht ernstlich ärgern darüber, daß du euer Haus nicht sehen kannst! Der Blick hier ist so wunderschön; wir wollen ihn freudig genießen und uns nicht durch Kleinigkeiten stören lassen. Aber hört mal den Philipp, er scheint ungeduldig zu werden, er ist sicher mal wieder hungrig, der arme Junge!"

Philipp hatte inzwischen schon die Rucksäcke ausgepackt und trotz Annas Einsprache auf dem zum Tisch auserlesenen Stein einen Imbiß hergerichtet. Alle lagerten sich ins Moos, und die ganze Gesellschaft, auch Tante Toni, machten sich eifrig über die Butterbrote her. Philipps Himbeersaft fand ebenfalls großen Beifall, er wurde ausgezeichnet gefunden, woraufhin Anna mit großem Ernst behauptete, er sei nur deshalb so gut, weil sie ihn vorhin ordentlich durcheinandergeschüttelt hätte.

Als nach dem Essen Philipp sich lang ins Moos streckte und die Mütze über die Augen ziehen wollte, um ein bißchen zu schlafen, da rief Tante Toni halb lachend, halb ärgerlich: „Aber Philipp, wie kannst du ans Schlafen denken! Genieße doch mit offenen Augen und mit offenem Herzen diesen schönen Tag! Schau um dich, sieh zum blauen Himmel hinauf, horch auf das Säuseln des Windes und lausch dem Gesang der Vögel!"

Alle blieben eine Zeitlang still, bis endlich Anna halblaut sagte: „Ich weiß nicht, Tante, wie das ist; wir sind doch gar nicht so weit von der Stadt entfernt, und doch, wenn wir hier so stille sind, dann kommt es mir vor, als seien wir in einer ganz andern Gegend, weit, weit fort von daheim, und ich kann mir's kaum vorstellen, daß wir diesen Abend wieder zu Hause sein werden."

Tante Toni nickte lächelnd: „Das Gefühl kenne ich auch, Ännchen. Das gehört zum Spessart; er hat so etwas Einsames, so etwas Urwaldliches und Weltfremdes an sich, und das bleibt ihm auch, obwohl man schon angefangen hat, ihn mit Sommerfrischlern zu bevölkern. Auf dem Rohrbrunn zum Beispiel, dort sind in den Ferien ja schon eine Menge Fremde, und doch, wenn man am Jagdschlößchen vorbei den Weg nach Silvan hinaufgeht, da ist man auf einmal wie in die größte Einsamkeit versetzt. Auf einer Seite dichter Wald, auf der andern blickt man in ein stilles Tal, darüber hinaus Berge und Wälder, nichts als Berge und Wälder, kein Haus, keine Hütte, nirgends eine Spur von der Nähe eines bewohnten Ortes; man könnte meinen, man wäre weit, weit fort von jeglichem Verkehr, in einer richtigen Einöde."

„Ja, ich kenne die Stelle", nickte Paul.

„Überhaupt, Tante Toni, über unsern Spessart geht doch nichts!"

„Da hast du recht!"

„Wie, Tante, das sagst du? Und du bist doch in der Schweiz und in Italien gewesen!"

„Selbst in der Schweiz, in Italien, im herrlichen Neapel, auf dem Monte Pellegrino in Palermo habe ich, trotz aller Bewunderung und Begeisterung, ein leises Sehnen nach dem Spessart nicht unterdrücken können, und als ich dann nach der Heimkehr zum erstenmal wieder in den Spessart wanderte, da hab' ich erst so recht eigentlich empfunden, wie schön unsere Heimat ist!"

„Bravo, Tante! Du bist halt doch eine echte Spessarterin geblieben, und du und der Großpapa, ihr müßt unbedingt wieder herüberziehen!"

„Ja, vielleicht wenn mal Onkel Ernst aus Amerika zurückkommt und die Leitung der Geschäfte übernimmt, so daß Großpapa sich zurückziehen kann."

„Wann wird er denn endlich zurückkommen, der Onkel Ernst?"

„Ich weiß es nicht. Aber horch! Was ist das? Wer singt denn da?"

Aus dem nahen Wald klang, bald aus der Nähe, frisch und kräftig, bald aus der Ferne, gedämpft, wie ein richtiges Echo, der Wechselgesang:

„Im Wald, im Wald,

Im frischen, grünen Wald – wo's Echo hallt."

Es waren Mariechen und Anna, die sich leise fortgeschlichen hatten, um der lieben Tante diese kleine Überraschung zu bereiten.

„Das habt ihr brav gemacht, Kinder!" rief Tante Toni am Schluß sichtlich erfreut. „Ihr wißt ja, wie gern ich unsere schönen deutschen Lieder im lieben deutschen Wald oder auf den deutschen Bergen höre! Kennt ihr das Lied: ‚Wer hat dich, du schöner Wald, aufgebaut?'"

„O gewiß, das kennen wir alle!" Und diesmal stimmten auch die Knaben mit ein. Paul, der eine schöne Stimme und gutes Gehör hatte, sang die zweite Stimme. Tante Toni saß ganz still und freute sich, wie der helle Kindergesang so frisch in die freie Natur hinausschallte.

„Sogar die Vöglein schwiegen und hörten euch zu", behauptete sie, als das Lied zu Ende war.

„Nun mußt du aber auch singen, Tante", baten die Kinder, und es erklang noch gar manch lustiges und manch schwermütiges Volksliedchen, bis auf einmal ein anderer, ein feierlicher Ton sich unter den Gesang mischte – von der Dorfkirche drunten im Tal das Abendläuten.

Da verstummte der Gesang und alle lauschten still, bis der letzte Glockenton verhallt war.

Plötzlich sprang Tante Toni auf und rief: „Aber, Kinder, wir vergessen ja ganz die Zeit! Schnell, schnell zum Aufbruch geblasen, damit wir noch vor Dunkelwerden heimkommen!"

„O wie schade, es war so wunderschön hier!" bedauerten die Kinder, sich zum Aufbruch richtend.

„Aber wo ist denn Otto?" fragte auf einmal Tante Toni, sich nach allen Seiten umsehend. Niemand wußte es, niemand hatte ihn fortgehen sehen. Aber Mariechen behauptete, er könne noch nicht lange fort sein, denn vor wenigen

Minuten hätte sie ihn noch im Gras herumkriechen sehen.

„Otto, Otto!" riefen nun Tante und Kinder in alle
Windrichtungen, aber es erfolgte keine Antwort.

„Das ist recht fatal, denn wir haben uns schon sowieso
etwas verspätet!" Tante Toni schien ein wenig unzufrieden,
und nach einigem Nachdenken entschloß sie sich, da alles
Rufen vergeblich blieb, die Zwillinge und Philipp nach
verschiedenen Richtungen als Kundschafter auszuschicken.
„Aber entfernt euch nicht zuweit und ruft von Zeit zu Zeit",
empfahl sie besorgt.

„Ja, und wer ihn findet oder ihn zuerst rufen hört, der stößt
ein Indianergeheul aus, damit wir's gleich wissen", schlug
Anna vor; aber sie hatte wenig Erfolg mit ihrem Scherz.
Nicht nur die Tante, auch die Kinder hatte ein unheimliches
Gefühl beschlichen; es war doch auch zu sonderbar, daß
Otto so spurlos verschwunden war. Tante Toni war ganz
blaß geworden, und sie sah so niedergeschlagen aus, daß
Mariechen sie zu beruhigen suchte, indem sie sagte: „Sorge
dich doch nicht so, Tante; es kann ihm ja doch hier nichts
zugestoßen sein."

„Er könnte beim Umherstreifen gefallen sein; es gibt mehrere
recht steile und gefährliche Stellen hier am Berg."

„Dann hätten wir ihn doch schreien hören."

„Beim Singen konnte uns das leicht entgehen."

Inzwischen hörte man von Zeit zu Zeit den Zuruf der drei
suchenden Knaben. Er klang schwächer und schwächer,
dann näherte er sich wieder, aber von Otto keine Antwort.

Die Sonne war schon ganz tief gesunken; im Westen rötete
sich der ganze Himmel, aber niemand hatte einen Blick für
den herrlichen Sonnenuntergang – alle standen da und
warteten und lauschten. Endlich kam Paul zurück, dann
Philipp und zuletzt Kurt; niemand sagte ein Wort, die
Kinder sahen sich ratlos an, dann richteten sie ihre Blicke
erwartungsvoll auf Tante Toni, als ob sie doch helfen könnte

und müßte. Aber Tante Toni zitterte, wie wenn sie fröre; sie mußte sich an einen Baum lehnen, um nicht umzufallen; sie fühlte ja die ganze schwere Verantwortung auf sich ruhen. Wie konnte sie denn heimkehren ohne Otto, ohne den Sohn ihres Bruders! Wortlos rang sie die Hände. Auf einmal raffte sie sich auf. „Kinder, kommt, wir wollen beten!" sagte sie, und inmitten der Kinderschar niederkniend, flehte sie aus tiefstem Herzen: „Unter deinen Schutz und Schirm ...", und die Kinder stimmten mit ein. Ernst und feierlich hallte das Gebet in die stille Abenddämmerung hinein. Die Vöglein waren schon lange zur Ruhe gegangen, und von der Stadt schimmerten einzelne Lichter herüber.

Plötzlich zuckte Tante Toni zusammen; es hatte sie jemand an der Schulter berührt: es war Mariechen, und diese machte die Tante mit einer leisen Gebärde auf Lilly aufmerksam. Diese schien in der Tat die allgemeine Angst um ihren Bruder gar nicht zu teilen; sie kniete etwas abseits an einen Stein gelehnt, und sie schaute aufmerksam auf einen bestimmten Punkt – eben lächelte sie sogar ein wenig. Tante Toni folgte der Richtung ihres Blickes, und – fast hätte sie laut aufgeschrien. – Dort über dem großen Felsblock bewegte sich etwas; es zeichnete sich scharf gegen den klaren Abendhimmel ab – jetzt verschwand es wieder. – Aber nun verstand Tante Toni alles. Sie erinnerte sich, daß sich oben in diesem Stein eine ziemlich tiefe Mulde befand. Otto war unbemerkt hinter den Stein geschlichen, hinaufgeklettert – gut klettern, das konnte er ja – und hatte sich in die Mulde versteckt. Diese war allerdings oft mit Regenwasser gefüllt, aber es hatte ja nun längere Zeit nicht geregnet.

Tante Toni atmete auf, wie von einer drückenden Last befreit. Und doch fiel es ihr wieder recht schwer aufs Herz, als sie nun daran dachte, daß Otto also all ihre und der Kinder Angst und Sorge mitangesehen und sich trotzdem nicht gezeigt hatte; auch Lilly hatte um Ottos Versteck gewußt und hatte nichts getan, um sie aus der Angst zu befreien. Nach all dem, was sie eben ausgestanden, war das Herz der armen Tante schon ganz erschüttert, und nun kam dazu einerseits das Gefühl der großen Erleichterung, anderseits der Schmerz über Ottos und Lillys Herzlosigkeit. Das alles stürmte auf sie ein, sie konnte nicht mehr widerstehen und brach plötzlich in Tränen aus. Die Kinder sahen sie erschreckt an. Mariechen mit ihrem guten, teilnehmenden Herzen hatte die Gefühle der Tante teilweise erraten und verstanden; sie machte den andern ein Zeichen, so daß diese sich ganz still verhielten und der Tante ein wenig Zeit ließen, um sich wieder zu fassen.

Die Sonne war nun längst versunken, und sogar auf dem Gipfel des Berges hier fing es schon an dämmerig zu werden. Jetzt richtete Tante Toni sich auf, und sie sagte, ohne nach dem Felsblock zu blicken:

„Nun kommt, Kinder, wir haben keinen Augenblick mehr zu verlieren – wir müssen heim."

Die Kinder schauten erstaunt auf Tante Toni – sie sah so eigen aus und ihre Stimme klang gar nicht wie sonst, aber sie folgten schweigend; nur Lilly blieb stehen und fragte halb ängstlich, halb trotzig: „Und Otto?"

Tante Toni sah Lilly sehr ernst an, als sie antwortete: „Wir warten nicht eine Minute länger auf Otto. Bald wird es ganz dunkel sein, und da, wo Otto sich befindet, kann ihm ja nichts passieren – höchstens eine Erkältung kann er sich von dort mitbringen. Und du, Lilly, du gehst vor mir her, und ich verbiete dir, dich auch nur im geringsten zu entfernen. Nun schnell vorwärts!"

Tante Toni wußte ganz genau, daß dies das beste Mittel sei, um Otto möglichst rasch aus seinem Versteck zu treiben. Kaum hatte sie mit den Kindern den Platz verlassen, da tauchte Otto auch schon aus seinem Loche auf und begann vom Felsblock herunterzuklettern; das war aber nicht so leicht – wahrscheinlich gerade weil er so eilig war, stellte er sich viel ungeschickter an wie sonst, und er konnte lange keine Stütze für seinen Fuß finden. Es überkam ihn, als er sich nun in der zunehmenden Dunkelheit so ganz allein sah, ein recht unheimliches Gefühl. Er hätte gerne gerufen; aber nein, dafür war er doch zu stolz. Er atmete ordentlich auf, als er endlich unten war, und nun hatte er die andern bald eingeholt. Die schienen ihn aber gar nicht zu bemerken, sie gingen rasch und schweigend weiter. Otto fühlte sich sehr unbehaglich, und um diesem ungemütlichen Zustand ein Ende zu machen, rief er mit erzwungenem Lachen:

„Nun, war ich nicht gut versteckt? Ratet einmal, wo ich die ganze Zeit war!"

Aber die Kinder antworteten gar nicht, sie sahen ihn nur vorwurfsvoll an. Tante Toni sagte in sanftem, aber sehr ernstem Ton:

„Ich weiß, wo du warst, Otto; du hast nicht schön gehandelt. Geh' jetzt neben Lilly und gib ihr die Hand, und entferne dich um keinen Schritt mehr von mir."

Hier im Wald war es schon ganz dunkel, und man hatte Mühe, auf den Weg zu achten. Von Paul und Kurt geführt, kam die kleine Truppe aber doch rasch vom Fleck, und man gelangte glücklich auf die Landstraße.

„O wie schön!" rief Rudi aus, und er blieb einen Augenblick stehen; alle wendeten sich um, und sie sahen nun, wie die glänzende Mondscheibe langsam hinter einem Berge hervorstieg, und dann war auf einmal die ganze Gegend in ein wunderbares, silbernes Licht getaucht.

„Nun haben wir eine gute Leuchte auf den Weg", meinte der praktische Philipp, während Mariechen ausrief:

„Das ist feenhaft schön!"

Jetzt sprudelte auch Annas gute Laune wieder hervor, und sie rief: „Miezchen, gerate nur nicht in Verzückung, sonst steckst du mich an, und dann bringt ihr mich nicht mehr von der Stelle –, dann bleibe ich einfach bis Mitternacht hier stehen, um die Elfen im Mondschein tanzen zu sehen, wie Tante Toni es uns neulich erzählt hat."

„Ei, um das zu sehen, muß man doch ein Sonntagskind sein!"

„Aber, Tante Toni, das bin ich doch – ich meine, das müßtest du mir doch ansehen!" Und Anna stellte sich breitspurig vor Tante Toni hin und reckte sich in die Höhe, so sehr sie nur konnte.

Alle lachten, auch Tante Toni; aber plötzlich wieder ernst werdend, legte sie die Hand auf Annas Köpfchen, und ihr die braunen, wirren Haare aus der Stirne streichend sagte sie leise: „Ich glaube dir's, Kind; ja, du mußt wirklich ein Sonntagskind sein. Möge der liebe Gott dir deinen frohen Mut erhalten dein ganzes Leben lang! – Aber nun müssen wir weiter; eure Eltern werden gewiß schon besorgt sein über unser langes Ausbleiben."

„Sollen wir vorauslaufen, um sie zu beruhigen?" schlugen die Zwillinge vor, aber Tante Toni wollte nichts davon wissen.

„Nein, nein, wir bleiben schön beisammen", wehrte sie ab. „Aber tüchtig ausschreiten, das wollen wir!"

Es herrschte nun aber doch wieder eine andere Stimmung als vorhin, und es flog sogar manches Scherzwort, manche kleine Neckerei von einem zum andern.

Auch Otto flüsterte seiner Schwester zu:

„Na, es ist wirklich Zeit, daß die alle wieder andere Gesichter machen; das war doch zu dumm!" Und leise in sich hineinkichernd fügte er hinzu: „Nein, war das drollig, da oben in dem Stein zu sitzen und zu sehen, wie die andern alle suchten und sich den Hals heiser schrien – ich mußte mich wirklich zusammennehmen, um nicht laut aufzulachen!"

Aber Lilly stimmte nicht in Ottos Gelächter ein; sie schüttelte den Kopf und sagte nachdenklich: „Nein, Otto, es war nicht recht; das war schon kein Scherz mehr, und wie du gesehen hast, daß Tante Toni wirklich in Angst um dich war, da hättest du herunterkommen sollen. Es hat mir ganz wehgetan, wie sie auf einmal so geweint hat, und ich hätte dir nicht folgen dürfen...."

„Halt, Lilly, das ist fest unter uns ausgemacht: keins verrät das andere, und es wäre Verrat gewesen, wenn du mein Versteck entdeckt hättest. Ich möchte nur wissen, ob Tante Toni wirklich weiß, wo ich gesteckt habe."

„Das glaube ich ganz gewiß."

„Woher aber? Außer uns kennt doch niemand das Loch in dem Stein – es war ja früher schon Papas Geheimnis, wie er noch klein war."

„Ja, du weißt aber auch, daß Tante Toni immer Papas Lieblingsschwester war, und da hat er sie wahrscheinlich in das Geheimnis eingeweiht."

„Dann hätte sie sich aber doch nicht so zu ängstigen brauchen."

„Ja, sie hat vielleicht nicht mehr daran gedacht, oder sie hat auch gar nicht gewußt, daß man sich in dem Loch verstecken kann, weil es ja früher immer voll Regenwasser war; Papa war selbst ganz erstaunt, als er voriges Jahr bemerkte, daß das Wasser jetzt ablaufen kann."

„Ja, das ist wahr. Aber schau mal! – Ich glaube gar, da kommt Papa mit Onkel Helmer! O weh, das ist dumm!"

Es waren wirklich Herr Mehring und Herr Helmer, die, ernstlich beunruhigt durch das lange Ausbleiben der Tante und ihrer Bande, diesen entgegengegangen waren.

„Na, da seid ihr ja alle heil und gesund!" riefen sie ihnen entgegen. „Die beiden Mütter sind schon ganz besorgt, und wir konnten uns gar nicht denken, weshalb ihr nicht heimkamet!"

Erst als sie ganz nahe herangekommen waren, bemerkten sie die verlegenen Gesichter der Kinder, und Onkel Robert fragte, seine Schwester forschend anblickend:

„Toni, du bist so blaß! Ist etwas vorgefallen?"

Nach einigem Zögern antwortete Tante Toni: „Ich glaube, es ist am besten, wenn Otto dir selbst den Grund unserer

Verspätung mitteilt."

Erstaunt und fragend blickte Herr Mehring von seiner
Schwester auf seinen Sohn, aber Otto faßte seines Vaters
Hand, und ihn mit sich fortziehend sagte er: „Komm nur,
Papa, ich erzähle dir alles; du wirst sehen, es ist gar nicht
schlimm."

Und er erzählte nun, wie er von den andern unbemerkt auf
den großen grauen Stein geklettert sei und sich in das Loch
versteckt habe und wie er schon sehr lange darin gesessen
habe, bevor Tante Toni sein Verschwinden bemerkt hätte,
und wie dann nach ihm gesucht und gerufen worden sei,
und das sei so unterhaltend gewesen, daß er gar nicht
geahnt hätte, wie spät es inzwischen geworden sei. Der
Vater hatte schweigend zugehört. Am Schluß sah er seinen
Sohn ernst und forschend an, und er sagte:

„Otto, die Sache gefällt mir nicht recht. Ich bin eben
wirklich erschrocken über das blasse, angegriffene Aussehen
deiner Tante; sie muß sich also ernstlich um dich beunruhigt
haben, und du hast sie gewiß viel zu lange hingehalten, ehe
du aus deinem Versteck hervorkamst. Antworte mir ehrlich:
‚Hast du bemerkt, daß Tante Toni sich wirklich ängstigte?‘"

Otto sagte leise und zögernd: „Ja – Papa."

„Und du bist trotzdem noch in deinem Versteck geblieben?"

Otto senkte den Kopf und schwieg.

„Noch lange?" fragte der Vater.

„O, nicht so sehr", suchte Otto sich zu entschuldigen; aber
Herr Mehring seufzte tief auf, und er sagte nach einigem
Nachdenken:

„Das geht mir sehr nahe, Kind. Verstehst du auch, warum?"

Otto schüttelte den Kopf.

„Weil es wie Herzlosigkeit aussieht."

„O Papa!"

„Ja, Kind; du weißt, daß ich einen kleinen Streich, eine Neckerei nicht so ernst nehme, sogar Unarten kann man Kindern verzeihen – mein Gott, keiner von uns ist ja wohlerzogen vom Himmel heruntergefallen! Aber hier ist mehr wie Leichtsinn dahinter. Daß du deine gute Tante sich erst lange ängstigen ließest, ehe du aus deinem Versteck kamst, das läßt mich beinahe an deinem guten Herzen zweifeln. Jedenfalls hoffe ich, daß du die Tante diesen Abend noch herzlich um Verzeihung bitten und ihr versprechen wirst, sie künftighin nicht mehr zu betrüben. Wirst du das tun?"

Otto nickte wieder, und dann ging er schweigend neben seinem Vater her, mit einer großen, großen Angst im Herzen. Wie, wenn sein Vater nun noch eines der andern Kinder fragte? Aber nein, warum sollte er denn? Das hatte er ja sonst auch nicht getan, und von selbst würden ihn die andern nicht verklagen, das wußte er.

Nach der Heimkehr, beim Abschiednehmen, drängte er sich, dem Winke seines Vaters folgend, an die Tante heran und sagte leise, mit halb abgewandtem Gesicht: „Tante, bitte, verzeih' mir, ich will dich nicht mehr betrüben."

Die Tante sah ihn eine kleine Weile forschend an, dann sagte sie betrübt: „Es kommt dir nicht recht von Herzen, Otto; aber ich verzeihe dir trotzdem – du hast eben selbst noch nie eine wirkliche und große Angst ausgestanden, und du ahnst nicht, wie das tut. Gute Nacht, lieber Otto."

An diesem Abend konnte Otto lange nicht einschlafen; unruhig warf er sich in seinem Bett hin und her, und er dachte: „Ach, hätt' ich doch noch eine Mama, die sich an mein Bett setzte – der könnt' ich's wohl sagen!"

Als er aber die Schritte seines Vaters auf der Treppe hörte, drehte er sich schnell zur Wand, und als Herr Mehring mit einer Kerze ins Zimmer trat und sich über seinen Sohn neigte, da lag dieser mit geschlossenen Augen und atmete tief und regelmäßig, wie wenn er schliefe.

Siebtes Kapitel.

Bambula, der Puppenfresser. Otto, weißt du nun, wie es tut?

Am andern Tag hatte Tante Toni heftige Kopfschmerzen. Als diese gegen Mittag etwas besser wurden, ging sie zu klein Toni hinauf, die mit einer Erkältung und etwas Fieber zu Bett lag. Sie setzte sich zu ihr hin und fragte: „Nun, wie ist es dir denn gestern gegangen, meine liebe kleine Freundin? Warst du recht vergnügt mit Mama und mit den Kleinen?"

„O ja", nickte Tonichen; „Tante Luise ist auch gekommen mit dem kleinen Bubi; der ist gestern drei Jahre alt geworden, und da hat er ein ganz schwarzes Püppchen bekommen, ein Mohrenkind, und das hat er mitgebracht, und denke dir, Tante – ach, das war zu drollig ...!" Und nun fing Toni an, so zu lachen, daß sie gar nicht mehr weitererzählen konnte.

„Erzähl' doch erst und lach' nachher, damit ich wenigstens mitlachen kann", meinte Tante Toni.

„Also hör, Tante! Der Bubi ist mit seinem Bambula – so heißt sein schwarzes Püppchen – gekommen und hat ihn uns gezeigt, und Minnichen hat sich ein bißchen gefürchtet, aber nur anfangs, hernach nicht mehr, und dann hat Bubi sogar seinen Neger zum Püppchen von Minnichen ins Bett gelegt, und wie Minnichen gerad' ein bißchen am Fenster war, da hat der Bubi auf einmal geschrien: ‚Minnichen, tomm deswind sehn, dei Püppchen is weck – der Bambula hat's aufdefressen!' Und 's weiße Püppchen war wirklich fort. Wie aber jetzt Minnichen angefangen hat zu weinen, da hat der Bubi gesagt: ‚Nit weinen, Minnichen! 's Püppchen is widder da, Bambula hat's widder rausdebrockelt.' Und richtig, Tante, das Püppchen lag auf einmal wieder im Bettchen, und da hätt'st du mal sehen sollen, wie Minnichen ihr Püppchen genommen und geherzt und geküßt hat und wie sie dem Bambula böse Augen und strenge Gesichter gemacht hat – aber nur von fern, denn das arme Minnichen hat sich jetzt selbst wieder ein bißchen vor dem bösen Mohren gefürchtet."

Jetzt wurde Tonis Erzählung durch einen Hustenanfall unterbrochen.

„O, wie du hustest, mein Herzchen! Ich hätte dich nicht so erzählen lassen sollen – du sollst wohl gar nicht viel sprechen?"

„Ach, Tante, das ist nicht so schlimm; ich hab' ja schon so oft Husten gehabt! Du mußt dir wirklich hernach von Minnichen selbst erzählen lassen, wie Bambula ihr Püppchen gefressen hat; da mußt du wirklich ganz schrecklich lachen, Tante. Geh' nur mal hinüber ins Kinderzimmer – aber dann kommst du wieder zu mir, gelt, Tantchen?"

„Gewiß, Kleines, ich komme gleich wieder."

Als die Tante ins Kinderzimmer trat, saß Minnichen mit tiefbetrübter Miene neben ihrem Puppenbettchen, während Leo, die Stirne in ernste Falten gelegt, dabeistand; er hatte eine große Brille – ohne Gläser – auf seinem Näschen sitzen und hielt eine leere Milchflasche unter dem Arm. Er räusperte sich, genau wie der gute alte Hausarzt es zu tun pflegte, und dann sagte er mit der tiefsten Stimme, die er hervorbringen konnte:

„Wir werden das kranke Kind impfen müssen; es gibt kein anderes Mittel, um's wieder gesund zu machen – aber erst muß es Medizin nehmen."

Dann schüttelte er die Milchflasche kräftig, und ein Puppenlöffelchen unterhaltend, zählte er langsam und bedächtig: „Eins – zwei – drei – mehr wie drei Tropfen darf man nicht geben, sonst stirbt das Kind; denn die Medizin ist Gift."

91

Erst nachdem er das Löffelchen dem kranken Puppenkind hingehalten hatte, drehte er sich nach Tante Toni um, und ihr die Hand reichend, sagte er sehr ernsthaft: „Ach, guten Tag, Fräulein! Wie geht es Ihnen? Soll ich Ihren Puls fühlen?"

Tante Toni ging natürlich auf das Spiel der Kleinen ein und sagte:

„Ach, guten Tag, Herr Doktor! Ich danke Ihnen, mir geht es ganz gut; aber das Kind dort scheint recht krank zu sein. Wohl auf den Schrecken von gestern?"

„Ja, ja, es steht schlimm, recht schlimm!" Dabei machte Leo die größten Anstrengungen, seine Stirne noch mehr zu runzeln, wobei jedoch seine große Brille ins Rutschen kam. Tante Toni hatte große Mühe, das Lachen zu verbeißen. Leo aber ließ sich nicht irremachen; er stellte seine Milch- oder vielmehr seine Medizinflasche auf die Erde und rückte seine Brille wieder zurecht. Jetzt kam auch Minnichen, und die Tante zum Puppenbettchen ziehend sagte es: „Arm Poppelsen, wehweh hat."

Nun fiel aber Leo aus der Rolle, denn der kleine Lehrmeister bekam wieder die Oberhand, und er sagte eifrig:

„Minnichen, erzähl' mal der Tante, wer hat dein Püppchen krank gemacht?"

„Böser Bambula", sagte die Kleine, ein Schnütchen machend.

„Hörst du, Tante, wie gut sie schon ‚Bambula' sagen kann? Sie hat es doch gestern zum erstenmal gehört, und es ist auch gar kein leichtes Wort."

Nun, an ihren gestrigen Schrecken denkend, geriet Minnichen auch in Eifer, und sie erzählte: „Bös Bambula Poppelsen von Minnisen aufdefeßt – so ..." Und die Kleine sperrte ihr Mündchen auf, so weit sie nur konnte, und auf Tante Toni sich stürzend, machte sie „Happ, happ!" als wollte sie diese verschlingen. Dann erzählte sie weiter, ihre

Worte mit sehr ausdrucksvollen Gebärden begleitend: „Und Minnisen hat weint, so: ‚Hiehiehie!' Dann hat Bambula bockelt, so: ‚Bröh – bröhx', und da war Poppelsen widder da. Aber Minnisen hat sehr sankt Bambula, so ..." Und Minnichen riß die Äugelchen weit auf, machte ein bitterböses Gesicht und drohte mit dem Fingerchen.

„Huh", machte Tante Toni zurückfahrend, „da war der Bambula aber sicher sehr bang, wie er dein strenges Gesicht gesehen hat?"

„Ja", antwortete Leo für sein Schwesterchen, „wir haben ihm gesagt, er dürfe nicht mehr zu uns auf Besuch kommen sonst würde er einfach nausgeschmissen!"

„Nausmissen", bekräftigte Minnichen mit energischem Kopfnicken.

Den Nachmittag dieses Tages brachte Tante Toni am Bettchen ihres Patenkindes zu.

„Tante, ich muß dir etwas sagen", flüsterte klein Toni ernsthaft, ein wenig zögernd.

„Was denn, mein Liebling?"

„Ich bin wieder mal sehr zornig und sehr böse gewesen."

„O Tonichen, wirklich? Das tut mir aber leid. Dir gewiß auch?"

„Ich weiß nicht recht, Tante. Es tut mir schon leid, daß ich so zornig war, weil das den lieben Gott beleidigt; aber ich bin noch immer bös, sehr bös auf Otto!"

„Ach, ist es das? Anna hat dir wohl erzählt?"

„Ja, Tante. Und wie du geweint und dich gesorgt hast, und daß der Otto nicht einmal gezankt worden ist. Und da hab' ich gewünscht, der liebe Gott möchte ihn selbst recht tüchtig strafen."

„O nein, Tonichen, nein, das sollst du nicht! Wir wollen

lieber beten für ihn, damit er sein Unrecht einsieht, dann wird es ihm sicher selbst sehr leid tun. O Tonichen, das war ein häßlicher Wunsch; einen solchen darf meine kleine Freundin nie mehr haben!"

„Aber Tante, er war doch so bös gegen dich, der Otto, und du bist so lieb und gut! Nein, ich mag ihn gar nicht mehr, den bösen, garstigen Buben!"

„Du kränkst mich, Tonichen, wenn du so sprichst!"

„O Tante, ich will dich nicht kränken, und es ist ja, weil ich dich so sehr lieb hab' ..." Und schluchzend schlang klein Tonichen ihre Ärmchen um den Hals der Tante.

„Ich weiß es ja, mein Liebling, ich weiß es ja", suchte die Tante das weinende Kind zu beruhigen. „Und weil du die Tante Toni so lieb hast und ihr eine ganz besondere Freude machen willst, wirst du diesen Abend beim Abendgebet ein Vaterunser für unsern lieben, armen Otto beten. Willst du?"

Tonichen nickte unter Tränen lächelnd.

„Und nun liege recht still und ruhig, sonst mußt du wieder so stark husten. Ich erzähle dir auch. Was möchtest du gerne hören?"

„O bitte, Tante, erzähle mir noch einmal die Geschichte von dem kleinen Johannes, den niemand lieb hatte und der in der Weihnachtsnacht gestorben ist, gerade nachdem er den lieben Heiland empfangen hatte."

Und Tante Toni erzählte, während klein Toni begierig lauschte.

„O wie schön!" seufzte sie am Schluß der Erzählung. „Ich möchte auch sterben wie der kleine Johannes, gleich nach meiner ersten heiligen Kommunion."

Später kam auch Tonis Mutter und setzte sich an ihr Bettchen; da strahlte ihr Gesichtchen vor Freude, und sie sagte: „Jetzt bin ich so froh, so froh, weil ihr alle beide bei mir seid; bleibt nur recht lange hier!"

„Ja, recht lange", wiederholte die Mutter leise, und sie blickte voll Liebe und Besorgnis in das blasse Gesicht ihres Töchterchens, und so oft dieses hustete, ging es wie ein Stich durchs Herz der Mutter; klein Toni merkte das, und sie gab sich von nun an alle Mühe, ihren Husten zurückzuhalten.

Es war schon ziemlich spät am Nachmittag, als auf einmal Paul hereinkam und rief: „Tante Toni, komm doch schnell einmal herunter! Der Otto ist da und fragt nach dir, und er sieht ganz verstört aus, aber er will mir nicht sagen, was er hat."

Sofort eilte Tante Toni hinunter, und als sie ins Zimmer trat, da stürzte Otto wie verzweifelt auf sie zu und schrie: „Tante, Tante, hilf mir, ich bitte dich, hilf mir! Ich weiß nicht mehr, was ich anfangen soll!"

„Um Gottes willen, Otto, was ist denn geschehen? Ist deinem Vater etwas zugestoßen? So sprich doch!"

Nun brach Otto in krampfhaftes Schluchzen aus, dazwischen stammelte und stieß er einige Sätze und Wörter hervor, wovon die Tante aber nur verstand, sein Vater müsse ins Gefängnis, und er, Otto, sei schuld daran.

„Das kann ja gar nicht sein!" rief die Tante aus. „Komm, nun setz' dich her zu mir und versuche ruhiger zu werden, dann erzählst du mir ganz genau, was vorgefallen ist."

Aber es dauerte noch einige Zeit, ehe Otto ordentlich sprechen konnte, und er schluchzte noch häufig auf, während er erzählte: „Ich saß vorhin an meinem Studierpult in Vaters Zimmer, und Papa stand vor seinem Schreibtisch, wo er Papiere durchsah; er hatte sie aus dem eisernen Schrank genommen, der in der Ecke steht und wo er alle wichtigen Papiere und das Geld drin aufhebt; du kennst ihn ja, Tante."

„Ja, gewiß – es waren also jedenfalls sehr wichtige Papiere, die er vor sich hatte."

Otto nickte und fuhr fort: „Auf einmal kam Lina herein und sagte, Papa möge doch schnell einmal hinunterkommen, der Herr Dorr sei da und der habe es sehr eilig. Papa wollte die Papiere erst wieder in den Geldschrank legen, der war aber schon zugeschlossen, und so legte er nur einen Beschwerstein darauf und sagte zu mir, er käme sofort zurück, er hätte nur einen Augenblick mit Herrn Dorr zu sprechen, und ich solle inzwischen auf die Papiere achten, denn sie seien sehr, sehr wichtig, ich solle mich aber nicht unterstehen, sie anzurühren. Dann ging Papa hinaus, und er ließ die Türe offenstehen." Nun fing Otto wieder an zu weinen.

„Und jetzt hast du die Papiere doch angerührt, Otto?"

„Zuerst nicht, Tante! Ich wollte ja dem Papa gehorchen; wie er aber dann so lange ausblieb, da mußte ich immer wieder nach den Papieren hinsehen, und ich hätte doch so gerne gewußt, was es für Papiere wären, und – da nahm ich den Stein ab. O hätt' ich es nicht getan! – Im selben Augenblick hörte ich im Garten draußen einen lauten Schrei, ich lief schnell ans Fenster, um zu sehen, was es gäbe, und ich muß wohl in der Eile vergessen haben, den Stein wieder auf die Papiere zu legen. Ich riß das Fenster auf, um hinauszusehen, aber im selben Augenblicke entstand Zugluft, und alle Papiere flogen im Zimmer herum und mehrere sogar zum Fenster hinaus. Ich stürzte sofort hinunter, um sie wieder zusammenzusuchen. Die alte Babett, die gerade unten war, hatte schon einige aufgehoben, und sie half mir suchen, bis wir keins mehr fanden. Als ich wieder hinaufkam, da war Papa inzwischen zurückgekommen, und er hatte die Papiere, die im Zimmer herumgeflogen waren, schon aufgelesen. Ach, Tante, ich möchte, er hätte mich recht gezankt, ja ich möchte, er hätte mich sogar geschlagen, ich hab's verdient; aber er hat gar nichts gesagt, er hat mich nur einmal angeschaut – o Tante, ich kann dir nicht sagen, w i e! Dann hat er gleich die Papiere nachgesehen, und es hat eins gefehlt! Tante, denke dir, gerade das allerwichtigste – das, welches er morgen beim Gerichte unbedingt braucht! Und dann haben wir im Hause und im Garten alles, alles durchsucht, aber wir haben nichts gefunden. Ach, Tante, und dann hat sich der Papa an seinen Schreibtisch gesetzt

96

und ist, mit den Händen vor dem Gesicht, lange sitzen geblieben, ohne sich zu rühren, bis ich's nicht mehr aushalten konnte und ihn gebeten habe, er möge mir doch verzeihen! Da hat er mich wieder angesehen, noch weher wie vorhin, und hat gesagt: ‚Ich hab' dir schon verziehen, aber an diesem Papier hing mehr als mein Leben – an ihm hing meine Ehre.' Und nun sitzt er immer noch am selben Platz, ganz still und, Tante, du kannst dir nicht denken, wie er aussieht, ganz anders wie sonst, viel älter! O komm doch mit zu ihm! Ich hab' ihm gesagt, ich ginge dich holen, da hat er genickt. Komm, Tante, hilf uns!"

„Ja, Otto, schnell zurück zu deinem Vater!" Die Tante nahm sich kaum die Zeit, ihren Hut aufzusetzen, und als sie wenige Minuten später in das Zimmer ihres Bruders kam, fand sie diesen genau so, wie Otto gesagt hatte. Er nickte seiner Schwester zu, und als diese, ihn fest umschlingend, sagte: „Mut, Robert, ich werde nochmal suchen, ich m u ß es finden", da schüttelte er den Kopf und sagte: „Such' nur, aber es wird umsonst sein, ich habe überall nachgesehen."

Sie begann sofort zu suchen, jedes Eckchen genau zu durchforschen, aber umsonst, das Papier blieb verschwunden. Otto brach aufs neue in Tränen aus. „O, was hab' ich getan, was hab' ich getan!" jammerte er und wollte sich auf die Erde niederwerfen, aber Tante Toni faßte ihn bei der Hand und zog ihn aus dem Zimmer, denn sie sah, daß ihrem Bruder etwas Ruhe und Stille nottat. An der Treppe stießen sie auf Lilly, die ganz blaß und verstört aussah; sie sah ihren Bruder scheu und ängstlich an, und sich an die Tante hindrängend fragte sie leise: „Hat Otto etwas sehr Schlimmes getan?" Die Tante antwortete eilig: „Er war sehr ungehorsam, aber du siehst ja, wie leid es ihm tut, und deshalb wird auch gewiß alles gut werden. Sei du nur ruhig und bete zu deinem und deines Bruders Schutzengel." Dann folgte sie Otto, der schon in sein Schlafzimmer gegangen war.

Otto hatte sich auf sein Bett geworfen und er schluchzte herzbrechend. Plötzlich richtete er sich auf und rief aus: „Tante, weißt du noch, gestern, wie du gesagt hast, ich wüßte noch nicht, wie es tut? Jetzt weiß ich's, o ja, jetzt

weiß ich's! O Tante, es ist zu schrecklich, diese Angst! O wär'
ich doch lieber gestorben! Ich kann's ja nicht mehr
aushalten!"

Und wie verzweifelt wälzte er sich auf dem Boden. Tante
Toni kniete neben ihm nieder, und sie versuchte ihn
aufzurichten, während sie mit sanftem Vorwurf sagte:
„Otto, so darfst du nicht reden; du fügst noch neues
Unrecht zum andern. Komm, laß uns zusammen beten; das
ist das einzige, was uns helfen und erleichtern kann."

„Beten? Ach nein; beten, das kann ich nicht! Der liebe Gott
will doch gewiß nichts mehr von mir wissen, ich bin viel zu
bös! Jetzt weiß ich, wie bös ich immer war, wie ich den
armen Rudi nicht leiden konnte und wie ich ihn so viel
geärgert und zornig gemacht habe, und er ist auch sehr oft
wegen mir gezankt und gestraft worden. Und auch gegen
die andern, sogar gegen Lilly war ich oft recht garstig, und
gestern gegen dich, Tante Toni; ich war ja so bös auf dich,
weil der Rudi mitgehen durfte und weil du ihn gegen mich
in Schutz nahmst, und ich wollte mich rächen, deshalb hab'
ich dir so Angst gemacht; aber ich wußte nicht, nein, Tante,
ich wußte wirklich nicht, wie das ist! O Tante Toni, und
jetzt bist du doch wieder so gut zu mir!"

„Ja, Otto – ach, ich möchte dir so gerne aus deiner Not
helfen! Aber hier kann jetzt nur noch der liebe Gott helfen –
komm, laß uns beten. Er ist ja so gern bereit, dir zu
verzeihen!"

„Nein, Tante Toni, der liebe Gott kann mir noch nicht
verzeihen; er weiß, wie falsch ich war und wie ich dem Papa
immer alles verkehrt erzählt habe und auch wieder gestern.
O, gestern hab' ich ihm auch noch lang nicht alles gesagt,
wie es war – und jetzt! Ich möcht' es ihm ja sagen, aber
dann wird er noch trauriger sein, und doch – ich kann doch
nicht recht beten, solang ich's ihm nicht gesagt habe! O
Tante, sag' mir doch, was ich tun soll!"

Tante Toni überlegte ein Weilchen, dann sagte sie: „Ich hätte
deinem Vater gern jeden weiteren Schmerz erspart, und doch
glaube ich, daß du recht hast und deiner Regung folgen

sollst. Es ist immer besser, den Weg der Wahrheit zu gehen, und dein offenes Geständnis ist deinem Vater ja ein Beweis, daß du dich ernstlich bessern willst, und wird sein bester Trost in allem Leide sein."

„Soll ich denn jetzt gleich hinuntergehen?"

„Gewiß! Die Ausführung eines solchen Entschlusses soll man niemals verschieben."

„Dann komm, Tante, geh' mit mir."

„Nein, Kind, das mußt du mit deinem Vater allein ausmachen. Ich warte hier auf dich und bete unterdessen."

Mit klopfendem Herzen ging Otto wieder hinunter zu seinem Vater. Er fand diesen noch immer in derselben Stellung an seinem Schreibtisch und so tief in Nachdenken versunken, daß er seines Sohnes Eintritt gar nicht bemerkte.

„Vater!" sagte dieser leise bittend.

Herr Mehring blickte auf. Er machte erst eine ungeduldige Bewegung, aber den flehenden Ausdruck in Ottos Antlitz bemerkend, fragte er ernst, aber gütig: „Hast du mir noch etwas zu sagen, mein lieber Sohn?"

Und nun fing Otto an zu bekennen. Erst langsam und zögernd, dann aber ging es immer leichter, und er machte ein offenes und freimütiges Bekenntnis der gestrigen Begebnisse sowie überhaupt all seiner Schuld, so wie er sie in dieser schweren Stunde erkannt hatte. Der Vater hörte stillschweigend zu – manchmal kam es Otto vor, als ob er leise seufze, aber als er dann stockte und nicht mehr recht weiterkonnte, da blickte der Vater ihn ermunternd an und sagte: „Sprich nur weiter; habe Mut und sage alles."

Und Otto sagte alles, und zum Schluß kniete er nieder, und den Kopf auf des Vaters Knie legend fügte er hinzu: „Vater, lieber Vater, du sollst sehen, ich werde nun anders werden – ich verspreche es dir und dem lieben Gott. O könnt' ich doch nur – könnt' ich alles wieder gutmachen! O mein lieber, guter Vater!"

Der Vater legte die Hand auf des Sohnes Haupt. „Ich danke dir, Kind, für dein offenes Bekenntnis. Es ist ja gewiß sehr schmerzlich für mich, zu erfahren, wie sehr ich mich in dir getäuscht habe – aber dein Mut und deine Offenheit bürgen mir für deine jetzigen guten Gesinnungen und auch für die Zukunft. Glaube mir, mein Sohn, ich will gern diese Prüfung tragen, ich will sie sogar segnen, wenn sie dazu dienen soll, aus dir einen guten, offenen und pflichttreuen Menschen zu machen. Und nun geh' zur Ruhe, mein liebes Kind – lege dich schlafen."

„O Papa, wie könnt' ich denn schlafen!"

„Warum solltest du denn nicht schlafen können, jetzt mit deinem erleichterten Gewissen – und besonders wenn du es aus Gehorsam versuchst? Gute Nacht, mein lieber Sohn – Gott segne dich!" Und der Vater küßte den Sohn auf die Stirne.

Dann ging Otto hinauf, und nun konnte er mit Tante Toni beten, so recht von Herzen und mit Vertrauen.

Nach dem Gebete sagte Tante Toni:

„Nun leg' dich zu Bett, mein lieber Bub, und schlafe; du kannst nun ruhig alles dem lieben Gott überlassen."

„O Tante, gehst du fort, gehst du wieder hinüber zu Wulffs?"

„Nein, nein, ich bleibe hier; ich will hinübertelefonieren, damit man drüben nicht auf mich wartet. Ich komme hernach noch einmal nach dir sehen."

Als Tante Toni das Zimmer verlassen hatte, legte Otto sich gehorsam zu Bett, und er schloß die Augen. Aber der Schlaf wollte nicht kommen. Immer und immer wieder mußte er an das Papier denken, an das schreckliche Papier. „Ach, wüßt' ich doch nur, was das für ein Papier ist, von dem so viel abhängen kann!" Wie hatte der Vater gesagt? „Mehr als mein Leben – meine Ehre!" Und nun kam es wieder, das Schreckgespenst – das Gefängnis! – Sein lieber, edler Vater unschuldig im Gefängnis, durch seine, des eigenen Sohnes Schuld! – Nein, das war gar nicht auszudenken – das konnte er nicht ertragen. „Ach, hätt' ich doch gefolgt", stöhnte er, „hätt' ich doch den Stein und die Papiere nicht angerührt – so wäre das alles nicht passiert!" Und Otto weinte in sein Kissen hinein, und dann betete er wieder: „Ach, lieber Gott, hilf doch! Ich bitte dich, hilf – ich will ja auch ein ganz anderer Bub werden, ich versprech' es dir – o hilf uns doch, lieber, allmächtiger Gott!"

Nach diesem Gebet fühlte er sich ein wenig ruhiger, aber schlafen konnte er doch nicht, er mußte wieder an seinen lieben Vater denken – ob er nun wohl noch immer unten an seinem Schreibtisch saß, so still, so niedergebeugt? O was hatte er ihm doch angetan, diesem seinem guten Vater! Wenn er doch wenigstens etwas für ihn tun könnte, wenn er doch wüßte, ob der Vater noch immer so hoffnungslos ist! – Tante Toni, wo bleibst du so lang? Es ist Otto, als müsse er ersticken unter der Last, die ihm auf dem Herzen liegt – er kann's nicht mehr ertragen – er richtet sich auf in seinem Bett – ist er denn ganz allein? Kommt niemand ihm helfen, ihn trösten? O Tante, Tante Toni, komm' doch!

Hatte er es laut gerufen? Er wußte es selbst nicht – aber Tante Toni kam, und er streckte ihr wie um Hilfe flehend die Arme entgegen, er hing sich an ihren Hals und rief schluchzend:

„O mein Vater, mein lieber, armer Vater, was wird ihm geschehen? Ach, Tante, sag' mir doch, was kann man ihm denn antun? Wird er nun wirklich ins – ins Gefängnis kommen!"

Da war es heraus, das schreckliche Wort! Es schauderte Otto, während er es aussprach.

„Nein, nein", beschwichtigte ihn Tante Toni, „davon ist keine Rede."

„Wie! Kann er denn doch noch seine Unschuld beweisen?"

Otto jubelte beinah' auf, aber Tante Toni schüttelte traurig den Kopf.

„Du bist noch zu jung, Otto", sagte sie; „ich kann dir die Sache nicht genau erklären. Es gibt unehrenhafte Handlungen, für die man nicht ins Gefängnis kommt, aber der sie begangen hat, steht deshalb doch entehrt, gebrandmarkt vor der ganzen Menschheit da. Deinem Vater wirft man vor, das Vertrauen anderer mißbraucht und zu seinem eigenen Vorteil ausgebeutet zu haben – und obwohl es keinen redlicheren, selbstloseren Menschen geben kann wie ihn, so haben sich doch Leute gefunden, die solchen Anschuldigungen Glauben schenken. Gerade in der letzten Zeit sind seine Gegner besonders kühn aufgetreten, weil derjenige, der für deinen Vater hätte zeugen können, gestorben ist. Sie wußten nicht, daß er ein Schriftstück hinterlassen hat, welches nicht nur alle Verdächtigungen zunichte macht, sondern auch ein helles Licht auf die lautere Gesinnung und edle Handlungsweise deines Vaters wirft. Dieses Schriftstück nun ist es, welches dein Vater, als er vor einigen Tagen so plötzlich verreiste, als wichtigstes Beweisstück herbeigeholt hat und das nun verschwunden ist. Dieses Schriftstück, morgen in der öffentlichen Gerichtsverhandlung vorgelesen, hätte ihn vor allen Menschen gerechtfertigt, hätte seinen Verleumdern eine große Niederlage bereitet – und nun ist es verschwunden, und es ist nicht zu ersetzen. Aber trotzdem wollen wir hoffen, daß die Verhandlung morgen zu deines Vaters Gunsten ausfällt. Die guten Menschen wenigstens werden an ihn glauben. Und nun, liebes Kind, lege dich hin und schlafe. Wir können nichts mehr tun, als die Sache dem lieben Gott überlassen."

Tante Toni blieb noch an Ottos Bett sitzen, bis er eingeschlafen war. Erst als sie sich überzeugt hatte, daß er wirklich schlief, stand sie leise auf und ging hinunter. Auf der Treppe aber blieb sie lauschend stehen; war es ihr doch, als hätte sie leises Weinen gehört. Richtig, es kam aus Lillys Zimmer! Rasch kehrte die Tante zurück, und sie fand wirklich die arme kleine Lilly bitterlich schluchzend in ihrem Bettchen.

„Aber was hast du denn, Lillchen? Was fehlt dir?"

Die Kleine konnte kaum antworten vor Schluchzen: „Der Papa ist nicht – an mein Bett gekommen – um mir ‚Gute Nacht' zu sagen – und es hat niemand mit mir gebetet – und ich hab' gehört, wie der Otto hier neben geweint hat – und ich war ganz allein – und ich bin so traurig – und ..." Und Lilly brach von neuem in bitterliches Weinen aus.

Tante Toni nahm das Kind auf den Schoß, tröstete es, wiegte es in den Armen wie ein ganz Kleines, und als Lilly etwas ruhiger geworden war, fragte sie: „Wollen wir nun das Abendgebet zusammen beten?"

Lilly nickte, und sich an die Tante anschmiegend, faltete sie die Händchen. Nach dem Gebet ließ sie sich auch gehorsam wieder ins Bettchen legen, aber als Tante Toni sich neben sie setzte mit dem Versprechen, bei ihr zu bleiben, bis sie schliefe, da schüttelte Lilly traurig das Köpfchen: „Wenn der Papa nicht erst zu mir kommt, dann kann ich doch nicht schlafen."

Da ging Tante Toni hinunter, und sie sagte: „Lilly kann nicht schlafen, weil Papa ihr nicht ‚Gute Nacht' gesagt hat. Klein Lilly hat ihren Vater so lieb."

Da hob der gebeugte Mann das Haupt, und es ging wie ein heller Schein über sein Gesicht – aber gleich zuckte es darin wieder wie tiefes Weh, und er sagte:

„Arme kleine Lilly, arme Kinderchen – es ist ja für sie, daß ich meinen Namen rein und unbefleckt erhalten möchte."

Dann ging er hinauf und nahm Tante Tonis Platz an Lillys Bettchen ein. Obwohl er sein Töchterchen anlächelte, sah dieses doch, daß er Kummer hatte. Es küßte des Vaters Hand und streichelte sie zärtlich.

„Sei nicht traurig, Papa – ich hab' dich ja so lieb, so lieb! – Ich will auch ein recht braves Kind werden – ich hab' es der Tante Toni schon versprochen. Die Tante Toni hab' ich auch sehr lieb...."

„Das sollst du auch, mein Kindchen; und nun mußt du schlafen. Gute Nacht, mein Töchterchen!"

„Gute Nacht, lieber Papa – lieber – guter – Papa!" Und leise, leise fielen Lillys müdgeweinte Äuglein zu; sie schluchzte noch einmal auf, wie Kinder oft nach heftigem Weinen tun, und dann schlief sie sanft und fest ein.

Bald darauf war alles im Hause still, nur Herr Mehring und seine Schwester waren noch auf, sie saßen beisammen im Arbeitszimmer. Herr Mehring saß am Schreibtisch und schrieb Notizen auf; Tante Toni saß etwas abseits, sie hielt die Hände auf den Knien gefaltet, und sie lauschte dem Wind, der an den Fensterläden rüttelte. Als Herr Mehring von seiner Arbeit aufschaute, begegnete er dem sorgenvollen, fragenden Blick seiner Schwester. Er sagte mit einem schmerzlichen Seufzer: „Wenn ich wenigstens noch etwas Zeit vor mir hätte – dann könnte ich vielleicht noch einige Zeugnisse herbeischaffen – aber bis morgen ist es unmöglich. O Toni, ich sehe der Verhandlung mit schweren Besorgnissen entgegen. Ich war meiner Sache so sicher – und nun ..." Der schwergeprüfte Mann ließ den Kopf auf die Brust sinken.

Tante Tonis Augen füllten sich mit Tränen, als sie ihren sonst so tatkräftigen, mutigen Bruder jetzt so niedergebeugt sah. „Verzage doch nicht, Robert", sagte sie, „der liebe Gott läßt dich nicht im Stich."

Herr Mehring lächelte wehmütig.

„Aber der liebe Gott wird wohl kaum ein Wunder für mich tun."

„Und warum nicht, du Kleingläubiger?" rief Tante Toni eifrig aus. „Was ist denn ein Wunder für ihn, den Allmächtigen! Aber Gott kann auch helfen ohne Wunder. Er ist ja allweise, und wir sind arme, kurzsichtige Menschenkinder, wir sorgen und quälen uns ab, statt ganz auf ihn zu vertrauen!"

„Du hast recht, Toni, liebe Schwester, Gott kann alles zum Guten wenden, und ist es sein Wille, daß ich morgen vor den Menschen gedemütigt und in den Staub gezogen werde, so geschehe sein heiliger Wille; er wird mir's tragen helfen."

Dann herrschte wieder Stille und Schweigen im Zimmer. Draußen aber war der Wind zum Sturm geworden. Der wütete im Garten, schüttelte und beugte die Bäume und peitschte den Regen gegen die Fenster, daß es prasselte.

„Welch ein Wetter!" sagte Tante Toni halblaut, als eben ein besonders heftiger Windstoß einherfuhr, als ob er alles mit sich fortreißen wollte. Plötzlich fuhr sie zusammen, und auch Herr Mehring sprang von seinem Stuhl auf. Laut und schrill tönte es durchs Haus – die Türglocke.

„Was mag das sein? Wer mag so spät noch kommen?"

„Die Mädchen schlafen schon, ich werde selbst nachsehen", sagte Herr Mehring; aber Tante Toni ging mit ihrem Bruder hinunter.

„Wer ist da?" fragte dieser, ehe er die Haustüre öffnete.

„Ich bin's, Herr, ich, der Christian", tönte es von draußen.

„Wie, Christian, Sie kommen noch so spät und bei diesem Wetter?" rief Herr Mehring, die Tür öffnend. „Was gibt es denn?"

„Huh, ja, das is e Wetter!" sagte Christian eintretend und sich die Füße abputzend, während ihm das Wasser von Hut und Mantel niederrann. „Und ich muß recht um Entschuldigung bitten, daß ich Ihne noch so spät stör, Herr Mehring, aber sehn Se, die alt Babett hat mer ja kei Ruh gelassen, sie hat sich's halt in ihrn eigensinnige Kopp neingesetzt gehabt, Sie müßte das Papier da, wo se in ihrm Korb gefunde hat, wie se diesen Abend heimkomme is, noch heut zurückkriege, und wenn emal die Babett sich was in ihrn alte Kopp gesetzt hat ... Aber um Gottes wille, Herr Mehring, was is Ihne dann? Was hab' ich denn jetzt angestellt!"

Herr Mehring hatte nämlich dem Alten, während dieser sprach, das Papier aus der Hand genommen, und kaum hatte er einen Blick hineingeworfen, da hatte er einen Schrei ausgestoßen und war zurückgetaumelt.

„Was ist dir, Robert, was ist?" rief Tante Toni erschrocken aus. Herr Mehring legte den Arm um sie, und den Kopf an ihre Schulter lehnend, sagte er mit von Tränen erstickter Stimme: „O Toni, der liebe Gott hat geholfen, ohne ein Wunder zu brauchen – es ist das Schriftstück!"

„Gott sei Dank, Gott sei Dank!" rief Tante Toni lachend und weinend zugleich. „Siehst du, ich wußt' es ja, daß der liebe Gott uns nicht im Stich lassen würde!"

„Die alt Babett hat am End doch recht gehabt", dachte der Christian, und er kratzte sich hinter dem Ohr, was er gewöhnlich tat, wenn er verlegen oder nachdenklich war. Aber man ließ ihm nicht viel Zeit zum Nachdenken; Herr Mehring und seine Schwester nötigten ihn ins Zimmer, und während Tante Toni ihm ein Glas Wein einschenkte, sagte Herr Mehring:

„Aber nun, Christian, sagen Sie mir doch, wie Sie, oder vielmehr wie Babett zu diesem Papier kommt!"

„Ja sehn Se, Herr, des war halt so: Die Babett is ja diesen Nachmittag hier gewese, um den Lappekorb abzuhole, wie se's halt immer zweimal im Monat tut. Wie se nun mit ihrm Korb fortgehn wollt, da is se da im Garte, grad vorm Haus ausgerutscht und wär beinah hingefalle, und sie hat in ihrm Schrecke laut geschriee – da is obe e Fenster aufgerisse worde und es sind allerhand Papiere rausgefloge, und gleich drauf is der Herr Otto gelaufe komme, um die Papiere wieder aufzulese, und wie em die Babett dabei geholfe hat, da hat er gesagt, sie sollt nur recht achtgebe, denn es wärn gar wichtige Papiere. Aber die Babett hat gar nit gemerkt, daß eins von dene Papiere in ihrn Korb gefalle is, und des hat se erst gefunde, wie se vorm Schlafegehn ihrn Korb ausgeleert hat, und da hat se mich gerufe; ich hab aber schon mit eim Aug geschlafe, und wie ich halt nit gleich raus gewollt hab, da hat se angefange und hat auf mei Tür gekloppt mit ihre zwei Fäust, und die sin noch recht kräftig für so e alte Frau, denn sie hat Ihne en Spekeltakel aufgeführt, wie wann se die ganz Stadt hätt aufwecke wolle. Und wie ich ihr dann zugeredt hab und gesagt, des tät sich doch nit schicke, daß ich jetzt wege so eme lumpige Papier die Leut noch aus em Schlaf störe sollt, da hat se immer wieder gesagt, des wär e wichtig Papier, der Herr Otto wär ganz blaß gewese, wie er runtergelaufe wär, und des Papier müßt diesen Abend noch zu Ihne gebracht werde, und wenn ich nit gehn wollt, dann tät sie halt selber gehn. No so bin ich halt komme, und wenn Se erlaube, Herr Mehring, so trink ich jetzt auf Ihr Wohl und aufs Wohl vom Fräule Toniche."

Er leerte sein Glas, stellte es auf den Tisch und fuhr sich mit dem Ärmel über den Mund. Er machte große Augen, als Herr Mehring ihm so herzlich dankte und ihm erklärte, welch großen Dienst er ihm durch Überbringung des Schriftstückes geleistet hatte.

„Na, da freu' ich mich aber!" rief er beim Abschiednehmen, „und morge, da werd' ich auch dabei sein, um die Gesichter von dene miserable Lügner zu sehn. Na, aber so was! Wenn ich noch dran denk, was Sie für e lieber, wilder Bub warn, früher, wie ich noch Gärtner bei Ihne Ihre Eltern war, Herr Robert, und wie Sie mal von der Frau Mama eine übergezoge kriegt habe, weil Se mer in mei frischgepflanzte

Beete gesprunge sin!" Und im Fortgehen murmelte er vor sich hin: „Ja, ja, wenn mer halt noch emal jung sein könnt!"

Als Otto am andern Morgen aufwachte, fiel sein erster Blick auf Tante Toni, die schon an seinem Bette saß. Er war erst ganz erstaunt und rieb sich die Augen, aber gleich legte es sich wieder wie eine Zentnerlast auf sein Herz. Wie hatte er nur so gut schlafen können nach dem, was gestern passiert war?

„O Tante!" rief er aus, „Tante, es ist ja heute – h e u t e ...!"

Aber die Tante lächelte und sagte mit bewegter Stimme: „Otto, knie dich gleich nieder und danke dem lieben Gott aus ganzem Herzen."

„Das Papier, Tante, das Papier – ist gefunden?"

Die Tante nickte. „Erst beten, Otto, dann erzähl' ich dir."

Ein warmes, aufrichtiges Dankgebet stieg aus des Knaben Herzen zum Himmel hinauf, dann aber lauschte Otto gespannt dem Bericht der Tante.

„Die gute Babett!" rief er am Schluß der Erzählung aus. „Heute noch gehen wir zu ihr, gelt, Tante! Ich will sie jetzt gerne um Verzeihung bitten wegen neulich – du weißt ja, Tante –, und die Lilly nehmen wir auch mit. O Tante, es schaudert mich, wenn ich daran denke, wie leicht Babett das Papier hätte verlieren oder als wertlos zerreißen können; oder wenn sie es gar nicht bemerkt hätte, dann wäre es mit all ihren andern Lappen zusammen in den Sack des Lumpensammlers gekommen!"

„Das hätte allerdings sehr leicht geschehen können; aber der liebe Gott hat unser Gebet erhört, und er hat es nicht zugelassen."

„Ach, Tante, wenn ich doch nur heute nicht in die Schule gehen müßte! Ich werde doch nicht achtgeben können, ich muß ja doch immer an Papa denken. Nicht wahr, jetzt m u ß es doch gut für ihn ausgehen?"

„Gewiß, Kind, du kannst ganz ruhig sein, und du mußt dir alle Mühe geben, heute in der Schule ganz besonders aufmerksam zu sein. Du mußt sofort beginnen, die guten Vorsätze, die du gestern gefaßt hast, auszuführen; nur nicht gleich anfangen zu verschieben, denn dann wird nichts daraus."

Das war ein denkwürdiger Tag; Otto vergaß ihn nie mehr in seinem Leben. Als er von der Schule heimkam, fand er Haus und Garten voller Menschen. Sein Vater stand oben auf dem Balkon, umgeben von seinen Schwägern und einigen Freunden, und er richtete von dort aus einige warme Dankesworte an alle, die gekommen waren, um ihn zu beglückwünschen und ihm ihre Teilnahme zu bezeigen.

„Unser Mehring soll leben – hoch, hoch, hoch!" so riefen alle Anwesenden, und am lautesten schrie der alte Christian. Der kam sich überhaupt gar wichtig vor; Herr Mehring hatte ihm vor allen Zuschauern die Hand geschüttelt, und er sah sich nun bald von Neugierigen umringt, die ihn über den Verlauf der Gerichtsverhandlung ausfragten; denn Christian hatte derselben von Anfang bis zum Schluß beigewohnt, und er ließ sich auch nicht lange bitten, es machte ihm selbst ja ein großes Vergnügen zu erzählen, wie alles so prächtig gegangen, wie die Verleumder in die Enge getrieben worden seien und was sie für verdutzte und wütende Gesichter gemacht, als das Schriftstück verlesen wurde, von dessen Vorhandensein sie gar keine Ahnung gehabt hatten und welches auf Herrn Mehrings Charakter und Handlungsweise ein so helles Licht warf.

Ottos Herz hüpfte ordentlich vor Freude. Er war so stolz auf seinen lieben, herrlichen Vater, und als ein alter Mann ihm auf die Schulter klopfte und ausrief: „Bub, Männer wie dein Vater sind ein Segen fürs Volk und fürs Vaterland; sieh zu, daß du ihm nacheiferst!" da streckte Otto diesem die Hand hin und sagte: „Das will ich – hier meine Hand drauf!"

Am Abend, als alle Gäste fort waren, rief Herr Mehring seinen Sohn zu sich. Er sah ihn eine Zeitlang ernst und forschend an; endlich sagte er:

„Otto, ich möchte, daß du mir das Versprechen, welches du mir gestern in der Not und in der Angst gegeben hast, heute frei von diesen Gefühlen und wohlbedacht erneuerst. Ist es dir wirklich Ernst mit deinem Vorsatz?"

Otto sah seinem Vater freimütig in die Augen:

„Ja, Vater, es ist mir Ernst, und ich will tun, was mir möglich ist, um dir Freude zu machen."

„Gott segne dich, mein Sohn, und er helfe dir; denn es ist nicht so leicht, wie du dir's jetzt denkst. Die Erinnerung an die eben überstandene schwere Prüfung wird sich mit der Zeit abschwächen, du wirst schwache Stunden haben und vielleicht manchmal in die alten Fehler zurückfallen. Laß dich dadurch nur ja nicht entmutigen, sondern bleibe beharrlich; es wird, es muß gehen mit Gottes Hilfe."

Otto bemühte sich redlich, sein Versprechen zu halten. Er nahm es nun auch sehr ernst mit der Vorbereitung auf die erste heilige Kommunion, und Lilly konnte sich gar nicht genug wundern über diese Umwandlung ihres Bruders.

„Du bist ja auf einmal ganz anders geworden wie früher", sagte sie, ihn mit großen, verwunderten Augen ansehend. „Du bist gar nicht mehr grob, du neckst und ärgerst mich nicht mehr, und du hast dem Rudi sogar deinen Drachen geschenkt."

Nach einigem Nachdenken fügte sie hinzu: „Muß ich auch so brav werden nächstes Jahr, wenn ich zur ersten heiligen Kommunion gehe?"

„Natürlich, Lilly, noch viel bräver, und deshalb tätest du gut daran, wenn du jetzt gleich anfingest etwas bräver zu werden. Du solltest dir zum Beispiel vornehmen, nie mehr zu lügen."

„O, ich lüge ja gar nicht!"

„So? Ist das vielleicht nicht lügen, wenn man eine Wasserflasche zerbricht und hernach behauptet, man hätte sie gar nicht angerührt, und wenn man über ein Gitter klettert und sich dabei das Kleid zerreißt und man sagt, die andern Kinder hätten beim Spielen so gezerrt, daß das Kleid kaput gegangen sei? O Lilly, es ist so abscheulich, wenn man lügt!"

„O du, als ob du nie gelogen hättest!" Und Lilly machte ein finsteres, trotziges Gesicht.

Otto wurde ganz rot und wollte zornig auffahren, aber er bezwang sich, und er sagte einfach: „Ja, ich weiß es, Lilly, ich hab' früher auch gelogen; aber jetzt schäm' ich mich darüber, und ich werde es nie, nie mehr tun. Komm, Lilly, willst du lieb sein und mir eine Freude machen? Dann versprich mir, daß du von nun an nie mehr lügst."

„O du, versprechen! – Das muß ich mir erst noch überlegen. Ich bin ja auch noch kleiner und jünger wie du!" Damit sprang Lilly davon. Sie fand es ja wohl sehr angenehm und bequem, einen so braven Bruder zu haben, der stets bereit war nachzugeben, der ihr bei den Aufgaben half; aber sich von ihm schulmeistern oder ermahnen zu lassen, das gefiel ihr nicht.

Otto schüttelte enttäuscht den Kopf. „Sie versteht es noch nicht", tröstete er sich; „sie hat eben noch nicht so etwas Schreckliches durchgemacht wie ich!"

Achtes Kapitel.

Klein Tonis Wunsch geht in Erfüllung!

Draußen war das schönste Wetter. Die Sonne schien, Vogelstimmen riefen und lockten, und doch mochte Tante Toni nicht mit ihrer kleinen Bande in den lieben, alten Spessart hinaufwandern – sie saß an klein Tonis Bettchen. Immer schmaler und blasser wurde das liebe Kindergesichtchen, und die blauen Augen blickten immer sehnsüchtiger und erwartungsvoller.

„Tante, was hast du gestern abend dem Otto erzählt?" fragte die Kleine jeden Morgen, wenn Tante Toni zu ihr kam, und sie konnte nicht müde werden zuzuhören, wenn diese ihr vom lieben Heiland erzählte, der die Menschen so lieb hat, daß er die Gestalt des Brotes annimmt, um immer in ihrer Mitte zu sein und sich aufs innigste mit ihnen vereinigen zu können. Am liebsten hörte sie aber die Geschichte vom göttlichen Kinderfreund, der es nicht dulden wollte, daß die Apostel die Kinder fortschickten, und der ausrief: „Lasset die Kindlein zu mir kommen!"

„Ach, Tante, wär' ich doch eines von den kleinen Judenkindern gewesen – vielleicht hätte der liebe Heiland mich auch auf seine Knie genommen und hätte mich gesegnet!" Und klein Tonis Augen erglänzten, als sie sich so lebhaft vorstellte, wie schön, wie herrlich es sein müßte, auf des Heilands Schoß zu sitzen und das Köpfchen an seine Brust zu lehnen.

Mit großer Geduld ertrug klein Toni es, so lange still im Bettchen liegen zu müssen. Der Husten und das Fieber quälten sie sehr, aber sie klagte nicht, sie seufzte nur manchmal, wenn das Rufen und Lachen ihrer Geschwister vom Garten zu ihr heraufklang.

Einmal aber hatte sie doch wieder einen ihrer früheren Zornanfälle – das war, als Lilly sie besuchen kam und sagte: „Du hast's gut, du kannst hier bequem in deinem Bett liegen und tun, was du willst, während wir andern in die Schule müssen."

Tonichen hatte darauf erklärt: „Es ist viel schöner und lustiger, gesund zu sein und in die Schule zu gehen, als krank zu sein."

Da hatte aber Lilly ein spöttisches Gesicht gemacht und lachend geantwortet: „Geh doch, Toni, m i r machst du so leicht nichts vor! Wenn du so gern in die Schule gingest, wärst du sicher schon längst gesund – du stellst dich ein bißchen an."

Toni hatte erst ganz verwundert dreingeschaut – sie konnte es ja gar nicht begreifen, daß man so etwas von ihr denken konnte –, dann war sie sehr böse geworden, und sie hatte geschrien:

„Nein, ich stelle mich nicht an – ich lüg' doch nicht!" Und dann mußte sie sehr stark husten, und sie weinte dabei, so daß Lilly, die ja doch im Grunde die kleine Toni lieb hatte, ganz bestürzt sagte: „Komm, Tonichen, sei nicht mehr bös auf mich – ich glaub' dir's ja, daß du dich nicht anstellst, und ich sag's auch nie mehr."

Die beiden Kinder hatten sich daraufhin wieder versöhnt, aber am Abend dieses Tages hustete klein Toni viel mehr und das Fieber war gestiegen – sie konnte keine Ruhe finden und weinte bittere Reuetränen, weil sie sich wieder von ihrem Zorn hatte hinreißen lassen. Als Tante Toni ihr „Gute Nacht" sagen kam, klagte sie: „Ich kann gar nicht mehr so gut an den lieben Heiland denken – ich meine immer, er wäre nun unzufrieden mit mir und er würde mich jetzt nicht auf seinem Schoß haben wollen, wenn ich eins von den kleinen Judenkindern wäre."

„O Tonichen, was denkst du denn vom lieben Heiland? Du

hast ihn ja wohl gekränkt durch deinen Zorn – aber das hat er dir schon wieder verziehen; es hat dir ja gleich nachher so leid getan. Und jetzt bist du wieder sein kleiner Liebling. Du kannst dir ja gar nicht vorstellen, wie lieb dich der liebe Heiland hat. Er hat dich ja schon gekannt und dich geliebt damals, wie er für dich am Kreuz gestorben ist, und er hat eine ganz besondere Freude an dir, weil du ihm zuliebe so geduldig bist und dir so viel Mühe gibst, ein liebes, braves Kind zu sein."

Solchen Worten hörte klein Toni gerne zu, und sie lag nun wieder still und getröstet in ihrem Bettchen. Sie klagte auch nicht, als sich am andern Tag ein quälendes Stechen in der Brust und in der Seite einstellte. Ihr armes Köpfchen war so weh und schwer, daß sie es kaum mehr vom Kissen erheben konnte.

„Es ist eine Lungenentzündung hinzugetreten", sagte der Hausarzt, und er brachte noch einen zweiten Doktor mit – aber der hieß alles gut, was der gute alte Hausarzt gesagt und angeordnet hatte; helfen konnte er auch nicht, und er sagte zu den tiefbetrübten Eltern:

„Es ist ein sehr ernster Fall; aber solange noch Leben da ist, ist auch noch Hoffnung."

Klein Toni aber schaute ihre Tante und Patin bittend an:

„Was wünschest du, Liebling?" fragte diese, sich über ihr Bettchen neigend.

Mit leiser, schwacher Stimme flüsterte das Kind: „Tante, denkst du noch an dein Versprechen?"

Die Tante nickte.

„Geh zum Herrn Pfarrer – bitte, Tante – ich möchte beichten – und er soll mir den lieben Heiland bringen."

Tante Toni zögerte einen Augenblick, aber klein Tonis Augen baten so flehend, sie konnte nicht widerstehen – sie begab sich sofort ins Pfarrhaus. Sie sprach lange mit dem

114

Herrn Pfarrer, und dieser versprach ihr, die kleine Kranke gegen Abend zu besuchen.

Es war wohl die Freude, die verursachte, daß Tonichen sich am Abend viel leichter und besser fühlte. Ihre Augen leuchteten auf, als der Herr Pfarrer an ihr Bettchen trat.

„So, so", sagte dieser freundlich, „das ist also die Kleine, die kommunizieren möchte. Wie alt bist du denn, mein Kind?"

„Ich bin sieben Jahre, Herr Pfarrer; ich habe also das Alter der Vernunft."

Der Pfarrer lächelte: „So, meinst du? Nun sag' mir doch einmal, warum du schon so früh zur heiligen Kommunion gehen möchtest!"

Toni faltete ihre Händchen über der Brust und sagte in innigem Ton: „Weil ich mich so sehr danach sehne, den lieben Heiland zu empfangen. Ich habe mir ja sogar gewünscht, recht bald zu sterben, damit ich nicht noch drei Jahre auf ihn zu warten brauche."

„Du weißt und glaubst also, daß man in der heiligen Kommunion den lieben Heiland selbst empfängt?"

„Aber natürlich!" sagte klein Toni, ganz erstaunt, daß der Herr Pfarrer überhaupt so etwas fragen konnte.

„Kannst du denn den lieben Heiland sehen?"

„Ich kann nur die heilige Hostie sehen, aber ich weiß, daß es doch der wirkliche liebe Heiland ist, so wie er jetzt im Himmel wohnt und wie er früher auf die Welt gekommen ist, um uns zu erlösen."

Der Pfarrer stellte noch einige Fragen an Toni, welche dieselben alle richtig und verständig beantwortete. Dann hörte er ihre Beichte an, und als er fortging, da hatte er Tränen in den Augen.

„Morgen früh bringt er mir den lieben Heiland", flüsterte Toni selig lächelnd vor sich hin, und sie lag die ganze Zeit wie in stiller, glückseliger Erwartung. Von ihrem Bettchen aus sah sie zu, wie Mutter und Tante Toni einen kleinen Altar im Zimmer zurechtmachten. Etwas später, als Vater und Mutter an ihrem Bett saßen, sagte sie: „Nicht wahr, der liebe Gott hat mir ja nun alles verziehen, und ihr verzeiht mir auch, Papa und Mama und Tante Toni und alle Geschwister, daß ich oft so ungehorsam und so zornig war? – Es tut mir ja so leid, und ich hab' euch alle so lieb!"

Die Eltern konnten ihre Tränen kaum zurückhalten.

Dann wurde es Nacht, und klein Toni schlief so sanft und so ruhig, wie sie lange nicht mehr geschlafen hatte. Sie hustete nicht und fühlte auch keine Schmerzen mehr. Von Zeit zu Zeit öffnete sie die Augen und fragte, ob es nun bald hell würde.

„Ich freue mich so", flüsterte sie, und als es endlich hell geworden war, begannen die Mutter und Tante Toni die kleine Kranke für die heilige Handlung herzurichten. Vorsichtig und behutsam zogen sie ihr ein feines, gesticktes Nachtkleidchen an; auch ein kleines Myrtenkränzchen bekam klein Toni, wie ein wirkliches Kommunionkind. Die Mutter gab ihr einen schönen weißen Rosenkranz, und dann betete sie mit ihrem Töchterchen, bis unten im Hause ein Glöckchen ertönte. Nun zündete Tante Toni die Kerzen an und öffnete weit die Türe. Der Herr Pfarrer trat herein, gefolgt vom Vater, von den Geschwistern und den Dienstboten, und alle knieten nieder, als der Priester segnend die heilige Hostie erhob.

Klein Tonis Augen strahlten in einem ganz eigenen Glanze, als der Priester ihr das hochwürdigste Gut reichte, und ihre Wangen röteten sich; dann lag sie still, ganz still mit gefalteten Händchen, ihr Gesichtchen war wieder ganz blaß geworden, und ihre Augen waren geschlossen, so daß der kleine Leo, der hinten neben Gretchen kniete, diese leise fragte: „Ist die Toni jetzt schon ein Engel?" Statt aller Antwort brach Gretchen in leises Weinen aus.

Der Priester segnete nochmals die kleine Kranke und entfernte sich, während der Vater und die übrigen

Anwesenden ihm das Geleite gaben.

Nur die Mutter und Tante Toni blieben zurück, und als
Frau Wulff sich etwas später über ihr Töchterchen neigte
und leise fragte: „Wie fühlst du dich, mein Kind?" da
antwortete klein Toni lächelnd: „Wohl, o so wohl!" und als
sie dabei einen Augenblick die Augen öffnete, da hatten
diese einen Ausdruck, als ob sie schon über alles Irdische
hinaus in eine andere Welt blickten. Aber sie schlossen sich
gleich wieder, und Toni fiel in einen sanften Schlummer;
jedoch selbst im Schlaf hielt sie die Händchen auf die Brust
gepreßt, als wollte sie den lieben Heiland da drin festhalten,
damit er ja nicht von ihr ginge. –

Als die Zwillinge und Anna um zwölf Uhr aus der Schule
kamen, da fanden sie alle Fensterläden geschlossen, die
Haustüre war nur angelehnt, so daß sie gar nicht zu
schellen brauchten. Auf der Treppe stand Leo, der schien auf
sie gewartet zu haben.

„Hast du die Türe aufgemacht?" fragte Kurt in strengem
Ton. „Du weißt doch, daß dir das verboten ist, und ..."

Aber Leo legte den Finger auf den Mund und sagte leise:
„Pst! Jetzt ist unsere Toni wirklich ein Engelchen
geworden."

„Wie, ist sie tot?" riefen die drei Kinder bestürzt aus.

„Ja, ganz tot gestorben", bestätigte Leo und nickte mit dem
Kopf. „Aber sie ist noch nicht im Himmel, denn sie liegt
noch da drin und schläft ganz fest."

Eben kam Gretchen mit rotgeweinten Augen aus dem
Zimmer, und sie nahm Leo mit sich, während Paul, Kurt
und Anna leise, auf den Fußspitzen auftretend, Tante Toni
folgten, die gerade an der Türe erschien und ihnen winkte.

„Wie schön, o wie schön ist unser Tonichen!" flüsterte
Anna, auf ihr Schwesterchen blickend, welches wirklich wie
ein schlafendes Engelchen dalag – so weiß, so still, so
friedlich. Und leise weinend beugte sich eines nach dem

andern über das tote Schwesterlein, um ihm noch einmal das kalte Händchen zu küssen.

Vater und Mutter knieten da, von Schmerz gebeugt, aber als die andern Kinder sich wie tröstend oder Trost suchend an sie schmiegten, da erhob die Mutter das Haupt, und sie sagte: „Lasset uns dem lieben Gott danken, daß er unserer lieben kleinen Toni einen so schönen, sanften Tod verliehen hat. Sie läßt euch alle noch herzlich grüßen, jedes hat sie noch beim Namen genannt, und zuletzt ist sie mit dem heiligsten Namen Jesus auf den Lippen sanft eingeschlafen."

Hier brach der Mutter die Stimme, und eine Zeitlang hörte man im Zimmer nichts mehr als unterdrücktes Schluchzen und leises Beten.

Im Laufe des Nachmittags kamen auch Helmers mit ihren Kindern und Onkel Robert mit den seinen, um die kleine Toni noch einmal zu sehen. Die Kinder weinten zwar sehr, aber sie blieben doch ruhig und dachten daran, wie glücklich Tonichen nun wohl schon im Himmel wäre. Nur Lilly stand eine Zeitlang wie erstarrt und schaute mit großen Augen auf die kleine, regungslose Gestalt. Auf einmal trat sie dicht an das Bett, und sich über die Tote beugend bat sie: „Tonichen, du hast mir ja nicht ‚Adieu' gesagt – mach nochmal deine Äugelchen auf, bitte, schau mich nochmal an und sag' mir, daß du mir nicht mehr bös bist wegen neulich – du weißt schon, Tonichen! Hörst du mich nicht? – Tonichen!"

Aber Tonichen antwortete nicht. Lilly war ganz fassungslos – jetzt erst fing sie an zu ahnen, was es eigentlich heißt: t o t   s e i n – sie hatte es sich bisher noch nicht recht vorstellen können. Beim Tode ihrer Mutter war sie noch zu klein gewesen. Aber nun empfand sie etwas wie Entsetzen, und sie schrie plötzlich auf: „Toni – Toni, sei doch nicht tot! Du sollst nicht tot sein – ich hab' dich ja lieb, Tonichen, viel lieber als du weißt, und ich will dich nie mehr ärgern! Komm, Toni – komm', wach' auf!" Und Lilly umschlang Toni und küßte sie; aber sie fuhr zurück – wie kalt war Tonis Wange, todeskalt! – Es durchschauerte Lilly, und mit einem Schrei fiel sie in ihres Vaters Arme. Der trug sie hinaus, und unter seinem und Tante Tonis beruhigendem Zuspruch schwand allmählich der entsetzte Ausdruck aus ihrem Gesichtchen. Begierig lauschte sie den Worten der Tante, die ihr erzählte, wie klein Toni sie grüßen lasse: „Kurz vor ihrem Tode hat sie noch von dir gesprochen, Lilly, und sie hat gesagt, sie wolle dein Mütterlein im Himmel von dir und von Otto grüßen. Was da drinnen so kalt und starr liegt, das ist ja gar nicht mehr unsere Toni, es ist nur ihre Hülle – ihre liebe kleine Seele ist schon oben im Himmel beim lieben Gott unaussprechlich glücklich und selig.“

„Aber nie, nie mehr kommt sie mit mir spielen, nie mehr kann ich mit ihr sprechen!“ klagte Lilly.

„Aber doch, Lilly; du willst doch gewiß auch einmal in den Himmel kommen!“

„Ja schon, Tante Toni, aber ich bin so bös, ich hab' schon so oft gelogen, und ich wollt' neulich dem Otto auch gar nicht versprechen, nie mehr zu lügen – und am End' komm' ich gar nicht in den Himmel!“

„O, da sei du nur ganz ruhig! Das liebe Tonichen wird schon für dich beten und bitten, daß du bald ein ganz braves und gutes Kind wirst. Du mußt nur auch ernstlich wollen, und du wirst sehen, daß es gar nicht so schwer ist. Denk' nur an Otto, wie der sich schon geändert hat!“

„Ja, ich möchte ja auch gern brav werden. Ach, wenn du doch immer bei mir bliebest, Tante Toni, dann könnt' ich's vielleicht. Aber nun ist Toni fort, und wenn du dann auch wieder fortgehst ...“ Und bitterlich schluchzend schmiegte Lilly sich in Tante Tonis Arm.

„Ich geh' ja noch nicht fort, ich bleibe ja noch bis nach Ottos erster heiligen Kommunion“, tröstete die Tante, „und wenn du jetzt schön brav bist und nicht mehr weinst, dann komm' ich diesen Abend noch zu dir hinüber, und ich wasche dich und lege dich ins Bett, wie ich's früher getan habe, als du noch klein warst – willst du?“

„Ja, Tante, ja!" Und Lilly trocknete ihre Tränen. „Aber bitte, laß mich noch einmal hinein, laß mich Tonichen noch einmal sehen!"

„Lieber nicht", meinte der Vater besorgt, „es regt dich nur wieder auf. Sei folgsam und komm' nun heim."

Lilly sah ihren Vater so innig flehend an, daß er schwankend wurde und wohl nachgegeben hätte; aber Tante Toni sagte: „Wenn man einen guten Vorsatz gefaßt hat, dann muß man auch gleich mit der Ausführung beginnen, und wer ein braves Kind werden will, muß vor allem aufs erste Wort gehorchen."

Jetzt ließ Lilly sich ohne Widerrede von ihrem Vater heimführen.

Am folgenden Tag durfte sie aber noch einmal zurückkommen; Tante Toni holte sie selbst ab und führte sie in den Saal unten, der in eine Kapelle umgewandelt war. Dort lag die kleine Tote aufgebahrt zwischen grünen Pflanzen und brennenden Kerzen – ein Kreuz lag auf ihrer Brust, und ihr Rosenkranz war um die gefalteten Händchen geschlungen. Der ganze Anblick war so schön, so friedlich und doch so feierlich, daß Lilly gar nicht mehr weinte. Sie kniete still da und betete:

„Liebes Tonichen, hilf mir doch mein Versprechen halten, und grüße mir tausendmal meine liebe Mama im Himmel!"

―――――――――――――――

Neuntes Kapitel.

Wie Lilly ein Geheimnis erfährt.

Der große Tag und Ottos Entschluß.

Auf Wiedersehen!

Am nächsten Tage, während Herr Mehring und Otto Tonichens Begräbnis beiwohnten, saß Lilly bei der Haushälterin, Fräulein Helene, im Zimmer. Trotzdem diese sehr eifrig mit Ausbessern von Strümpfen und Wäsche beschäftigt war, fiel es ihr bald auf, daß Lilly heute ungewöhnlich still war.

„Kind, du bist ja heute so brav, daß man dich gar nicht wieder kennt", sagte sie, ganz verwundert von ihrer Arbeit aufblickend; „du bist auch so blaß, du wirst doch nicht am Ende krank sein?"

„O, ich möchte ganz gern wieder mal krank sein", meinte Lilly nachdenklich.

„Was, du möchtest gerne krank sein? Aber ich danke dafür! Das darf man ja überhaupt gar nicht wünschen."

„O, das ist aber doch so schön! Dann kommt Papa sich manchmal an mein Bett setzen, und diesmal käme sicher Tante Toni mich pflegen, und sie bliebe vielleicht sogar den ganzen Tag bei mir."

„Ja, das gefiele dir wohl.... Aber das Kranksein ist drum doch nicht angenehm; es tut gewöhnlich recht weh."

„Ach, das will ich schon aushalten, wenn ich nur jemand bei mir habe, der mich recht lieb hat!"

121

Wieder blickte Fräulein Helene ganz erstaunt auf Lilly; sonst
hatte das Kind doch gar nicht so nach dem Liebhaben
gefragt. Laut aber sagte sie: „Ich hätte sicher nichts dagegen,
wenn deine Tante dich pflegen käme, falls du wieder mal
krank würdest; denn ich weiß noch recht gut, wie ich das
letztemal hab' laufen und springen müssen; zehn Arme und
zehn Beine hätte ich brauchen können, um dich zu
bedienen, und trotzdem war's nie recht."

Lilly hatte schuldbewußt das Köpfchen gesenkt. Kleinlaut
erwiderte sie: „Ja, ich kann mich noch erinnern; ich glaub',
ich war recht bös, und du hast oft gesagt, du könntest's
nicht mehr aushalten und du wolltest fort."

„Und ich glaub', ich wäre auch fort, wenn deine Tante, Frau
Wulff, mir nicht gute Worte gegeben und zugeredet hätte,
ich solle den Herrn Mehring doch nicht so im Stich lassen,
der könne sich doch nicht auch noch um den Haushalt
kümmern. Aber was schwätz' ich denn da? Davon verstehst
du ja doch nichts!"

„Doch, doch, ich versteh' es recht gut. Ich weiß auch, daß
du eine vorzügliche Haushälterin bist, aber von
Kindererziehung verstehst du keine blaue Bohne."

„I du meine Güte! Da schau mal einer die Fräulein Weisheit
an! Wo hast du denn das wieder mal her?"

„Ach, das hab' ich halt schon sagen hören von den Tanten,
auch von Lina ..."

„Natürlich – die blaue Bohne, die stammt sicher von der
Lina. Die wird wahrscheinlich etwas von Kindererziehung
verstehen, die! Vom Haushalt, von Reinlichkeit und
Ordnung versteht sie jedenfalls nichts, und wenn ich nicht
immer hinter ihr drein wäre, dann sähe es hier bald aus wie
in einem Stall!"

Fräulein Helene war sehr in Eifer geraten, und sie hätte
wohl noch eine Weile fortgeredet, wenn nicht eben draußen
ein arges Gepolter entstanden wäre, so daß Lilly ganz
erschrocken zusammenfuhr. Fräulein Helene war

aufgesprungen, aber sie schien zu ahnen, was der Lärm bedeutete; denn Arbeit, Fingerhut und Schere in den Korb werfend rief sie aus: „Da haben wir's ja gleich! Eine rechte Meisterleistung von der Lina, die so viel von Kindererziehung versteht! Sie sollte sich lieber um ihre Arbeit kümmern und nicht Eimer und Bürsten die Treppe hinunterwerfen. Eine nette Bescherung das – und gerade gestern haben wir einen frischen Läufer auf die Treppe gelegt ..."

Lilly sah der Haushälterin, die sehr erzürnt und aufgeregt das Zimmer verlassen hatte, etwas ängstlich nach; aber dann lächelte sie wieder: nein, sie wußte ja, Fräulein Helene würde der Lina doch nichts tun, sie würde sie auch nicht fortschicken; obwohl sie viel mit den Mädchen zankte, mochten diese sie doch gut leiden, denn im Grunde war sie recht gutmütig, die Fräulein Helene, und Lilly war ganz erstaunt zu bemerken, daß sie selbst sie auch gern hatte. Und sie hatte sich doch so oft eingebildet, sie könne sie gar nicht ausstehen! Wie war das doch nur?... Lilly versuchte nachzudenken, aber ihr Köpfchen war so eigentümlich schwer, in ihren Schläfen klopfte es so. Auch kam es ihr auf einmal so heiß vor im Zimmer und sie hätte gerne das Fenster aufgemacht; aber sie hatte das Gefühl, als ob sie hinfallen würde, wenn sie nun aufstände. Sie breitete die Arme auf den Tisch und legte das Köpfchen darauf. Über was wollte sie denn eben nachdenken? Sie wußte es schon gar nicht mehr, aber sie wunderte sich über das Sausen und Brausen in ihren Ohren und über das Hämmern im Kopf. Sie wollte ein bißchen schlafen, vielleicht würde es ihr dann wieder besser. Nach einiger Zeit war es ihr auf einmal, als ginge die Türe auf und sie hörte, wie jemand ausrief: „Lieber Gott, das Kind ist krank!" Aber es klang ihr wie aus weiter Ferne. Sie fühlte sich emporgehoben und getragen, aber es war ihr alles wie ein Traum. Dann lag sie in ihrem Bettchen, sie wußte gar nicht, wie sie hineingekommen war, und sie wollte fragen: „Muß ich jetzt sterben wie die kleine Toni?" aber sie konnte gar kein Wort herausbringen. Sie konnte kaum die Lippen bewegen, und die waren so heiß und trocken; aber dann gab ihr jemand etwas zu trinken und eine kühle, weiche Hand legte sich auf ihr schmerzendes

Köpfchen. O wie wohl das tat!

Klein Lilly schlief ein; aber sie hatte allerhand wirre Träume, beängstigende, dann auch wieder schöne und freundliche. Einmal war es ihr, als stände eine abscheuliche Hexe in der Ecke des Zimmers, und die lachte spöttisch und winkte ihr mit ihrem langen, knöchernen Finger; sie wollte schreien, aber ihre Kehle war wie zugeschnürt, sie konnte keinen Laut hervorbringen; die Hexe kam aber immer näher und näher, und in wilder Angst wendete Lilly den Kopf ab; da stand auf einmal Anna an der andern Seite des Bettes, die lachte und sagte: „Sei doch nicht so dumm! Es ist ja die Babett; die ist doch gar keine Hexe, und die tut dir nichts!" – und als sie nun, noch recht ängstlich, wieder hinüberschaute, da stand dort wirklich die Babett, die sah ganz freundlich aus und sagte: „Ich tu niemand was zu leid, und ich hab' auch schön für dein Mutterle gebetet; es läßt dich schön grüßen."

Ein andermal, als Lilly stöhnend aus einem wüsten Traum aufwachte und ganz verstört um sich blickte, da neigte sich Tante Toni über ihr Bettchen: „Sei ruhig, mein Liebling, ich bin ja bei dir, und ich verlaß dich nicht; schlafe nur."

Klein Lilly lächelte beim Ton dieser leisen, lieben Stimme, sie suchte mit ihrem Händchen auf der Bettdecke umher, bis sie es warm und fest von den Fingern der Tante umschlossen fühlte, und nun schloß sie wieder beruhigt die Augen; sie war ja geborgen, sie wußte, daß die gute Tante an ihrem Bettchen wachte, und diesmal hatte sie einen wunderschönen Traum: sie sah Tonichen, ganz weiß gekleidet, mit goldenen Flügeln vom Himmel herabschweben; als sie verlangend die Arme ausstreckte, da winkte Tonichen ihr freundlich zu und sagte mit einem leisen, feinen Stimmchen: „Sei nur recht brav, und vor allem lüge nicht mehr, es ist gar nicht so schwer." Dann wurde Tonichen immer heller und durchsichtiger, bis sie ganz verschwand wie ein Nebel, der zergeht – und endlich schlief Lilly sanft, ruhig und traumlos, lange, lange.

Einmal wurde sie auf einen Augenblick wach; sie hörte Stimmen im Zimmer, und als sie die Augen aufschlug, da stand ihr Vater mit einem Brief vor Tante Toni. Lilly wollte sich aufrichten und rufen, allein sie war zu schwach und zu müde, ihre Augen fielen gleich wieder zu; aber sie hörte doch, wie ihr Vater eben zur Tante sagte: „Nun kommt Ernst also doch endlich zurück, und Papa kann sich zurückziehen und sich die wohlverdiente Ruhe gönnen."

Tante Tonis Stimme antwortete: „Ja, und ich glaube, du kannst dich nach einem Häuschen für uns umsehen; denn ich denke, Papa wird doch wieder hierher in seine alte Heimat zurückkehren wollen."

Lilly kam es vor, als spräche ihr Vater in etwas ärgerlichem, erregtem Tone, als er jetzt sagte: „Was nicht gar, ein Häuschen! Wo denkst du denn hin? Mein Haus hier ist groß genug für uns alle, und es soll das Haus meines alten Vaters sein. Und", nun klang die Stimme weich und bittend, „du weißt ja, Toni, wie nötig wir dich haben, meine Kinder und ich; versprich mir, daß du mit dem Vater zu mir ziehst."

„Gern, Robert, gern – aber laß das noch ein Geheimnis sein, bis alles fest und entschieden ist. Es gibt dann eine schöne Überraschung für die Kinder."

Lilly lächelte ein wenig, ein ganz klein wenig. O, was für ein schönes Geheimnis sie nun wußte! Da mußte man freilich brav sein, um so etwas zu verdienen! Und der Großpapa, der ... aber weiter kam Lilly nicht mit ihren Gedanken, denn sie war wieder eingeschlafen, und als sie das nächstemal aufwachte, da waren ihre Äuglein wieder hell und fielen ihr nicht gleich wieder zu vor Müdigkeit, und ihr Stimmchen versagte nicht, als sie ausrief: „Papa, Tante Toni!"

Da stand auch schon Tante Toni neben ihr: „Gott sei Dank! Nun wird unser Kindchen bald wieder gesund sein! Wie wird der Papa sich freuen, wenn er heimkommt!"

Aber auch Otto freute sich, als er, von der Schule zurückgekehrt, zu seinem Schwesterchen gehen durfte; er bot ihm gleich alle seine Spielsachen an, sogar seine Soldaten und seine Festung.

Ach, was war das für eine schöne Zeit, die dann kam, bis
Lilly wieder ganz gesund war! Tante Toni war fast immer bei
ihr, und gegen Abend setzte sich Papa an ihr Bettchen,
plauderte mit ihr und erzählte; unter Tags kamen oft die
Tanten, die Vettern und die Cousinen, und immer brachte
man ihr etwas mit. Wie gut sie doch alle waren und wie man
sie verwöhnte! Am besten war aber der Rudi; der brachte ihr
sogar seinen Star, an dem er doch so sehr hing und der
schon allerhand Worte sagen konnte.

„Gib ihm mal ein kleines Stückchen Zucker", riet Rudi, als
er den Vogel brachte. Und als Lilly ein Stück Zucker
zwischen die Stäbe des Käfigs schob, da pickte der Star
danach, und nachdem er verkostet hatte, schrie er: „Danke,
Lilly, danke schön!"

War das eine Freude! Es war aber doch auch gar zu nett von
Rudi, daß er dem Star gerade d a s beigebracht hatte. Der
gute Rudi doch! Und den hatte sie früher gar nicht leiden
mögen! Lilly begriff das einfach nicht mehr.

„Eile dich, gesund zu werden, Lilly", sagte Otto, „du mußt
doch dabei sein, wenn ich zur ersten heiligen Kommunion
gehe." Und Lilly eilte sich so gut, daß sie wirklich an diesem
schönen Tage im neuen weißen Kleidchen mit in die Kirche
fahren durfte.

Ach, wie war das so schön, so schön! Lillys Herzchen
erzitterte, als Otto sich dem Tisch des Herrn nahte, und voll
Seligkeit dachte sie: „Nächstes Jahr komme ich dran!" Und
nun mußte sie wieder an die liebe kleine Toni denken.
Ängstlich und mitleidig schaute sie Tante Maria, Tonichens
Mutter, an. Ja, die hatte freilich die Augen voll Tränen – und
doch sah sie nicht unglücklich aus. Sie wußte ja, daß Toni
glücklich, o so glücklich im Himmel war! Und der kleine
Leo, der hier neben Lilly kniete, der wußte es auch; denn der
betete jeden Tag nach seinem Abendgebet: „Liebe heilige
Toni, bitte für uns!" Und Lilly fand, daß er ganz recht hatte,
so zu beten.

Am Abend dieses glücklichen Tages suchte Otto Tante Toni
auf. Er lehnte den Kopf an ihre Schulter und sagte: „Hast

du recht sehr für mein Anliegen gebetet, Tante, wie du es mir versprochen hattest?"

„Nach besten Kräften hab' ich für dich gebetet, mein lieber Otto."

Ernst und doch lächelnd schaute der Knabe zur Tante auf.

„Ach, Tante, und wenn nun der liebe Gott dein Gebet erhört, dann werde ich doch nicht Papas Nachfolger, dann werde ich doch kein Redakteur!"

Tante Toni lächelte: „Dann wirst du wohl noch etwas viel Besseres und Schöneres!"

Otto sah sie überrascht an: „Ja, Tante, errätst du denn alles? O, glaubst du, daß es gelingt, daß ich das erstreben darf und kann?"

„Mit Gottes Hilfe gewiß, mein Otto! Aber es ist schwer, und wer diesen hohen Beruf erwählt, der muß sich auf ein Opferleben gefaßt machen."

„Ein Opferleben ...", wiederholte Otto leise und nachdenklich. Er war noch zu jung, er faßte und verstand das noch nicht ganz, und es überkam ihn fast etwas wie Furcht, aber nur einen Augenblick lang; gleich hob er wieder mutig den Kopf, und er sagte freudig wie Tante Toni: „Mit Gottes Hilfe!"

Zwei Tage nachher schlug für Tante Toni die Abschiedsstunde. Da gab es viele und heiße Tränen, aber Onkel Robert lächelte geheimnisvoll, während er tröstete: „Weint nicht, Kinder, weint nicht! Ich versprech' euch ein baldiges Wiedersehen."

Alle schauten ihn erstaunt und fragend an, allein Onkel Robert lächelte nur und legte den Finger auf den Mund. Aber Lilly lächelte auch, und sie flüsterte dem Rudi etwas ins Ohr; der schrie auf und machte drei Purzelbäume hintereinander; Lilly lief ihm nach und bat: „Pst, Rudi, verrat' doch nichts; es ist doch ein Geheimnis und es soll eine Überraschung geben!"

„Ich sag' nichts, verlaß dich drauf", versicherte Rudi; „aber ich freu' mich halt so schrecklich!" Und er machte schnell noch ein paar Luftsprünge, aber der letzte fiel etwas unglücklich aus und er landete mit seinem Stiefelabsatz gerade auf Ottos Fußspitze.

„Au weh!" schrie der. „Rudi, was ist denn in dich gefahren? Du bist gerade nicht von Buttermilch!" Und er hüpfte auf einem Bein herum, den verletzten Fuß in die Höhe streckend.

Mariechen wechselte einen verständnisvollen Blick mit Tante Toni. Beide hatten denselben Gedanken: Wenn dies vor sechs Wochen geschehen wäre!

Das gab eine wahre Prozession zum Bahnhof. Als Tante Toni eingestiegen war, stellte sie sich ans Fenster, und jedes wollte ihr noch einmal „Adieu" sagen: „Auf Wiedersehen, auf baldiges Wiedersehen, liebe, gute, goldige Tante Toni!" riefen die Kinder, und „Auf Wiedersehen!" antwortete die Tante, „und wenn ich wiederkomme, dann nehmen wir auch unsere Spaziergänge wieder auf, die wir diesmal unterbrechen mußten."

„Ja gewiß, Tante!"

„Wir werden inzwischen schöne, neue Wege auskundschaften!" rief Paul, und Kurt eiferte: „O, ich hab' mir schon einige ausgedacht; wir müssen doch auch in die Rickersbacher Schlucht und auf den ..." Aber der Zug setzte sich in Bewegung, und die Rufe „Adieu!" und „Lebt wohl! Auf Wiedersehen!" übertönten Kurts Stimme. Man sah noch eine Zeitlang Tante Tonis Taschentuch wehen, dann machte der Zug eine Biegung; bald darauf war er verschwunden.

„Ich bin nur froh, daß Onkel Robert uns gesagt hat, Tante Toni käme bald wieder", sagte Philipp auf dem Heimweg; „sonst wäre es doch gar zu traurig."

Mariechen entgegnete mit einem Seufzer: „Ich finde es

trotzdem noch traurig genug. Ich kann überhaupt das Fortgehen nicht leiden; die Leute sollten immer nur ankommen!"

„O, das kommt drauf an!" rief Anna in entschiedenem Tone. „Den Herrn Schulinspektor und den Prüfungskommissar zum Beispiel sehe ich viel lieber fortgehen wie ankommen!"

Alle lachten, und Onkel Robert sagte, Anna freundlich auf die Schulter klopfend: „Na, Kinder, seid nur froh, daß ihr die Änne habt, die bewahrt euch wenigstens vor Trübsinn!"

Lilly war still zu Tante Maria Wulff geschlichen. Sie dachte: „Als Tante Toni ankam, da war Tonichen noch mit uns, und jetzt ist es nicht mehr da, es ist im Himmel." Sie stahl ihr Händchen in die Hand der Tante und blickte mit feuchten Augen zu ihr auf. Tante Maria verstand den Gedanken des Kindes. „Mein gutes Kind!" sagte sie leise und gerührt, fest die kleine Kinderhand umschließend.